Aladim

CLÁSSICOS ZAHAR
em EDIÇÃO BOLSO DE LUXO

Peter Pan
J.M. Barrie

O Mágico de Oz
L. Frank Baum

A Bela e a Fera*
Madame de Beaumont, Madame de Villeneuve

O jardim secreto*
Frances Hodgson Burnett

Alice
Lewis Carroll

Sherlock Holmes (9 vols.)
Arthur Conan Doyle

As aventuras de Robin Hood
O conde de Monte Cristo
Os três mosqueteiros
Alexandre Dumas

O Quebra-Nozes*
Alexandre Dumas, E.T.A Hoffmann

Mowgli: Os livros da Selva
Rudyard Kipling

A Agulha Oca*
Arsène Lupin contra Herlock Sholmes*
As confidências de Arsène Lupin*
O ladrão de casaca*
Maurice Leblanc

Contos de fadas
Perrault, Grimm, Andersen & outros

O pequeno príncipe*
Antoine de Saint-Exupéry

Mary Poppins
A volta de Mary Poppins*
P. L. Travers

Títulos disponíveis também em edição comentada e ilustrada
(exceto os indicados por asterisco)
Veja a lista completa da coleção no site zahar.com.br/classicoszahar

Aladim

Tradução:
José Roberto O'Shea

3ª reimpressão

ZAHAR

Tradução autorizada da primeira edição norte-americana, publicada em 2019 por Liveright, uma divisão de W.W. Norton & Company, de Nova York, Estados Unidos

Grafia atualizada segundo o Acordo Ortográfico da Língua Portuguesa de 1990, que entrou em vigor no Brasil em 2009.

Título original
Aladdin

Capa
Rafael Nobre

Projeto gráfico
Carolina Falcão

Revisão da tradução
Marta Chiarelli

Revisão
Eduardo Monteiro
Carolina Sampaio

CIP-Brasil. Catalogação na publicação
Sindicato Nacional dos Editores de Livros, RJ

A273 Aladim / [editor Paulo Lemos Horta]; tradução José Roberto O'Shea. – 1ª ed. – Rio de Janeiro: Zahar, 2019.
(Clássicos Zahar)

Tradução de: Aladdin.
Inclui bibliografia
ISBN 978-85-378-1829-9

1. Contos folclóricos – Países árabes. I. Horta, Paulo Lemos. II. O'Shea, José Roberto. III. Série.

CDD: 398.2
19-55263 CDU: 398.2

Meri Gleice Rodrigues de Souza – Bibliotecária – CRB-7/6439

[2021]

EDITORA SCHWARCZ S.A.
Praça Floriano, 19, sala 3001 – Cinelândia
20031-050 – Rio de Janeiro – RJ
Telefone: (21) 3993-7510
www.companhiadasletras.com.br
www.blogdacompanhia.com.br
facebook.com/editorazahar
instagram.com/editorazahar
twitter.com/editorazahar

Sumário

Prefácio à edição brasileira

A Lia

É POSSÍVEL uma nova tradução de um conto famoso de *As mil e uma noites* competir com os efeitos especiais de suas adaptações? Como autor eu poderia me sentir tentado a lamentar o costume que os empresários têm de saquear *As mil e uma noites* em busca de tramas e de explorar as aventuras do califa Haroun al-Rashid, de Simbad, Ali Babá e Aladim. Também poderia qualificar como parasitas os compositores que, por não terem outra inspiração, transformam essas histórias em música, e ainda desdenhar desses empreendimentos por serem vulgares se comparados à graça do conto na página do livro. Você poderia até esperar que eu fizesse isso, com este fino volume nas mãos, no momento em que nossos sentidos são atacados pela gigantesca força técnica e publicitária do filme de centenas de milhões de dólares da Disney. E eu poderia despejar todo esse desdém e muito mais sobre a concorrência desleal da magia das telas e dos palcos se outro escritor não tivesse se adiantado a mim mais de um século atrás. Em outubro de 1882, ao tomar conhecimento de uma nova versão de Aladim e outras histórias de *As mil e uma noites*, Machado de Assis registrou precisamente essa queixa.

De todo modo, se é uma narrativa cativante que você quer, esteja certo de que vai encontrá-la neste relato que foi levado da cultura de narração de histórias dos cafés de Alepo, na Síria, para os salões de Paris no início do século XVIII. Se é o prazer da narrativa e o deslumbramento do conto por trás do filme que você procura, reconhecerá cenas famosas aqui: a descida de Aladim à caverna das riquezas, a aparição do escravo da lâmpada, a primeira visão da filha do sultão, o desfile de Aladim feito príncipe, o estratagema das novas lâmpadas em vez das velhas. Em consonância com o imperativo de Machado de que precisamos descobrir a história por trás das adaptações, escritores sustentaram que "os relatos bem-feitos" de Sherazade atestam a "satisfação vulgar da curiosidade narrativa", nas palavras de A.S. Byatt. Não é de surpreender que o cinema tenha encontrado inspiração tão potente na promessa de Sherazade de um assombro cada vez maior: o que é isso comparado ao que vou te contar depois? A narrativa inesgotável de Sherazade, Byatt nos lembra, antecipa os gêneros da telenovela e dos quadrinhos – nos quais o leitor de hoje pode mais provavelmente ter descoberto *As mil e uma noites*, seja no Oriente Médio ou na América Latina.

A engenhosidade narrativa de "Aladim", entretanto, nem sempre esteve evidente em suas traduções, e é essa qualidade que a presente edição – tão bem vertida para o português por José Roberto O'Shea – comprova, acima de tudo. Durante grande parte da história literária os contos de *As mil e uma noites*, inclusive aqueles acrescidos em tradução como "Aladim" e "Ali Babá", foram rejeitados como literatura popular. Muitos autores, tanto em inglês como em português, de Philip Pullman a Malba Tahan (Júlio César de Mello e Souza), consideraram necessário remodelar "Aladim", podando muita coisa e acrescentando um ou dois personagens. Nesse contexto, a chegada desta versão de Yasmine Seale para o inglês foi saudada como uma revelação: a redescoberta de uma história que pensávamos conhecer. A romancista Marina Warner atribui-lhe o mérito de dar vida a Aladim, de recapturar a "graça e a estranheza" do conto, encontrando "inesperadas riquezas de humor fino, malicioso, paródico numa narrativa que, em sua longa e sinuosa trajetória, sofreu maus-tratos, truncamentos e um excesso de pompa e cerimônia". O'Shea conseguiu igualar essa façanha, produzindo uma versão tensa, bela, sutil e de simplicidade apenas aparente, merecedora dos elogios que esta edição recebeu na imprensa inglesa e norte-americana.

Como editor, pareceu-me importante recuperar o papel estruturante de Sherazade como narradora. Sempre ouvi "Aladim" na voz de uma mulher, a história estava entre as primeiras que lembro ouvir de minha mãe, em meio aos tapetes persas e às bandejas árabes que meus pais tinham acumulado, tendo vivido no Oriente Médio antes que eu nascesse. Peter Simon – o editor que primeiro me contratou como autor na Norton, em Nova York – encomendou a audaciosa nova tradução para o inglês da *Odisseia* (e agora da *Ilíada*) feita por Emily Wilson, e perguntei-me quão revolucionária a primeira versão inglesa de *As mil e uma noites* feita por uma tradutora mulher poderia se provar.

Não é apenas que Sherazade conta suas histórias para defender as mulheres de seu reino da tirania assassina de Shahriyar. As narrativas originais de *As mil e uma noites*, emoldurando as tramas e intervenções de gênios, eram relatos urbanos das intrigas de homens e mulheres. Ciclos de contos fundamentais na coleção – de "O porteiro e as três senhoras de Bagdá" a "As artimanhas das mulheres" – colocam a narrativa de homens contra a de mulheres, propondo a questão de em quem acreditar, de maneiras que ressoam fortemente hoje em dia.

Esse ímpeto subjaz minha escolha de Yasmine Seale como tradutora, e ela enfatizou a relevância contemporânea de questões suscitadas por "Aladim", tais como "a relação pai-filho" e "sedução e consentimento". Tantas vezes esquecida em outras traduções e adaptações de "Aladim", a narração da história por Sherazade, como a imprensa inglesa notou, lança uma luz completamente diferente sobre o conto – um "mundo em que uma mulher pode usar o dom da narrativa para conduzir o poder dos homens". Se a princesa Budur continua sendo um arquétipo do interesse amoroso, ela emerge num papel mais ativo, pois é peça-chave na derrota do mago do Magrebe. "E mães são importantes aqui, também", observa o *Times Literary Supplement*, "o calor e o humor da prática e sofrida mãe de Aladim ganham vida na tradução de Seale de uma forma nunca vista antes."

A história compreende, portanto, muito mais do que os filmes da Disney sugerem. Há o mistério central de por que o mago do Magrebe precisa de Aladim – o que a própria Sherazade parece a princípio ter dificuldade de explicar. Ela especula que talvez o mago, "que conhecia a arte da leitura facial", veja em Aladim a chave para obter a lâmpada, pondo o "grande feiticeiro" à mercê dos caprichos de um jovem descrito como pouco promissor. Para se insinuar, o mago do Magrebe se apresenta como tio de Aladim, e por algum tempo, enquanto ele inicia o sobrinho nos costumes mercantis, Aladim e sua mãe se deixam convencer, aumentando as apostas da traição do jovem por uma figura paternal. O grão-vizir do conto se lastima não por si mesmo, como nas versões da Disney, mas em nome de seu filho, um obstáculo à ambição amorosa de Aladim que dá à história muito de seu humor malicioso, inesperadamente erótico e escatológico. Isso porque o grão-vizir consegue forçar a união e o casamento acontece, levando Aladim a conjurar o gênio da lâmpada para evitar que as núpcias sejam consumadas. Não satisfeito com a derrota imposta por Aladim a um mago maléfico, o conto evoca sua própria sequência, introduzindo o irmão mais moço, e ainda mais malvado, do mago. Nessa conclusão, a trama ganha um rumo inesperadamente sombrio, que dependerá da personificação de uma mulher santa pelo mago malvado, e atinge um clímax em que ele confronta sua sagacidade com a de Aladim e sua própria capacidade de dissimulação.

Um epílogo apresenta Sherazade explicando os temas morais do conto adequados ao rei e à situação deles próprios; ela está temerosa de que ele possa se cansar de sua voz, enquanto ele está preocupado que ela possa ficar sem histórias e ele precise recorrer à promessa de matá-la. Para Sherazade a difícil situação do sultão, pai da princesa, após o desaparecimento do palácio de Aladim adverte contra agir com "pressa imoderada" para "condenar um homem inocente à morte antes de ouvir o que ele tem a dizer". A moral diz respeito diretamente a seu próprio apuro, cada noite sob a ameaça de uma execução iminente por um crime que ela não cometeu – traição – antes que ela, também, tenha chance de se explicar.

O leitor pode sentir uma vertigem nesses momentos, com a insinuação de que ela talvez seja um personagem dentro de outra moldura e de outra história, uma perturbação metafísica aberta por essa *mise-en-abyme* [narrativa em espelho] que interessou escritores que vão de James Joyce a Jorge Luis Borges. Bernardo Soares, guarda-livros e heterônimo de Fernando Pessoa, recorre à coletânea de contos para descrever essa sensação em seu *Livro do desassossego*: "Tenho reparado, muitas vezes, que certas personagens de romance tomam para nós um relevo que nunca poderiam alcançar os que são nossos conhecidos e amigos, os que falam connosco e nos ouvem na vida visível e real. E isto faz com que sonhe a pergunta se não será tudo neste total de mundo uma série entreinserta de sonhos e romances, como caixinhas dentro de caixinhas maiores – umas dentro de outras e estas em mais –, sendo tudo uma história com histórias, como *As mil e uma noites*, decorrendo falsa na noite eterna."

Borges e autores subsequentes viriam a ser cativados pela possibilidade de que a meio caminho de suas noites de contação de histórias Sherazade começasse a narrar o caso da filha de um vizir que se oferece para casar-se com um rei assassino e por meio de suas narrativas salva as vidas das mulheres de seu reino – isto é, sua própria história –, prolongando assim continuamente a série de relatos num loop infinito, ilimitado. A perturbação metafísica descrita por Bernardo Soares na *mise-en-abyme* dos contos forneceria dessa maneira uma espécie de garantia de que a contação de Sherazade nunca chegará ao fim e de que o leitor nunca terá de descobrir se ela ficará sem histórias, se ele se cansará da voz dela ou se alguma hora um momento de confronto deve chegar para a contadora de histórias que adia a sentença de um tirano.

PAULO LEMOS HORTA

Apresentação*

Um dos contos de fadas mais célebres e apreciados mundialmente, "Aladim e a lâmpada mágica" vem sendo recontado e adaptado ao longo do tempo, desde sua primeira aparição em língua francesa no início do século XVIII. Pode parecer inusitado que uma história associada de modo tão marcante à coletânea de contos árabes conhecida como *As mil e uma noites* tenha chegado até nós por intermédio dos franceses, mas tal fato faz muito sentido. A referida história nunca parou de viajar. Escritores desde Charles Dickens a Dante Gabriel Rossetti até Clarice Lispector e Salman Rushdie registraram seus encontros com ela na infância. Minha mãe, em várias ocasiões, deleitou-me com o relato de seu primeiro encontro com "Aladim e a lâmpada mágica", quando aos seis anos de idade e órfã, no norte do Brasil, ganhou de seu

* Apresentação à edição norte-americana publicada em 2019 pela Liveright/Norton e organizada por Paulo Lemos Horta. (N.E.)

pai adotivo um exemplar de *As mil e uma noites*. Através dos séculos, o apelo abrangente e duradouro da história reside na capacidade de abarcar tanto os nossos mais desmedidos anseios como as nossas mais profundas incertezas – tanto o sonho infantil da realização de desejos como os receios que surgem com a idade.

No cerne da história está o mistério que cerca o próprio Aladim. Por que ele, menino dotado de pouco talento e pouca ambição, haveria de ser escolhido para viver aventuras tão extraordinárias? Por que ele, e não outro indivíduo, haveria de possuir a lâmpada?

Na tentativa de elucidar esse enigma, estudiosos e roteiristas de cinema introduziram variações na história, fazendo com que o menino realize algum ato digno que o faça merecedor da lâmpada. Folcloristas identificaram precedentes em contos budistas nos quais personagens resgatam animais em perigo e são recompensados com uma pedra que realiza desejos. O filme de Walt Disney retrata Aladim como um "diamante bruto", forçado a furtar em consequência de sua situação de pobreza, mas generoso com quem é menos afortunado que ele. Outros argumentam que, na realidade, é a lâmpada que faz o homem. Richard Francis Burton, aventureiro e tradutor de *As mil e uma noites*, dizia que a lâmpada tinha o poder de alterar "o físico e a moral de quem a possuísse" e, portanto, de transformar um jovem "inculto" em um "polido cortesão, guerreiro e estadista". O teórico Tzvetan Todorov reconhece Aladim como integrante de uma linhagem por ele denominada "homens de narrativa", destituídos de personalidade, contando apenas com maravilhas e maquinações do destino que operam por meio dessas mesmas narrativas.

Assim como muitos heróis de histórias em quadrinhos – por exemplo, Peter Parker, picado por uma aranha radioativa –, Aladim é transformado no herói do conto ao tomar posse da lâmpada. Uma vez no comando da lâmpada e do gênio-escravo que a habita, Aladim deixa de ser o beneficiário passivo de magia e boa sorte e torna-se agente de seu próprio destino. A heroína da história, a princesa Badr al-Budur, é igualmente ativa na resolução da trama, enganando o mago no clímax do conto e salvando a vida de Aladim.

"Aladim" apresenta uma relação bastante especial com *As mil e uma noites*. Acrescentado a essa coletânea na tradução francesa produzida por Antoine Galland, no início do século XVIII, em Paris, o conto "Aladim" não se encontra em nenhum manuscrito árabe autêntico anterior àquela edição. Galland aduziu a história – junto a outras, como "Ali Babá e os quarenta ladrões" – à coleção francesa por não ter mais contos a traduzir do manuscrito árabe que reunia *As mil e uma noites*. Em seu diário, Galland afirma que Hanna Diyab, um viajante cristão maronita egresso de Alepo, contou-lhe essas histórias durante uma visita a Paris, em 1709, e, no caso de "Aladim", ofereceu-lhe um manuscrito do conto. Embora alguns estudiosos duvidassem da existência desse sírio, misterioso contador de histórias, a recente descoberta das memórias de Diyab narrando sua viagem a Paris confirma que ele esteve em contato com o tradutor francês e forneceu-lhe histórias que complementaram sua tradução de *As mil e uma noites*.

Apesar dessa revelação, questões fundamentais acerca das origens de "Aladim" permanecem sem resposta. De quem é a história de Aladim, na realidade? É amplo o consenso de que, comparada com os originais árabes reunidos em *As mil e uma noites*, "Aladim" e outras narrativas apresentadas por Diyab a Galland valem-se mais intensamente do fantástico, seja quanto a tesouros materiais, seja quanto a criaturas e eventos sobrenaturais. Há quem atribua tal diferença à imaginação de Galland, um orientalista francês que utilizou como matéria-prima um texto de procedência desconhecida, no intuito de canalizar sua própria concepção de um Oriente exótico. A escritora Marina Warner já apontou a presença de conhecidos elementos ficcionais setecentistas – talismãs, feitiços e a inversão da ordem social – como evidência de um autor francês na composição de "Aladim". A descoberta das memórias de Diyab, no entanto, sugere que a oferta feita a Galland era produto da fértil imaginação de um jovem sírio maronita criado em meio à cultura de contação de histórias de uma cidade tipicamente situada nas rotas das caravanas. O romancista e arabista Robert Irwin argumenta que muitos elementos encontrados em "Aladim" e identificados como pertencentes à tradição da narrativa europeia apresentam claros precedentes na literatura popular árabe. A coletânea *As mil e uma noites* inclui outros contos sobre jovens indolentes que não merecem a boa sorte de que são alvo, e outros personagens que invocam gênios de anéis e constroem palácios a fim de cortejarem seus objetos de desejo.

Para mim, é instigante ler a história de Aladim paralelamente aos registros feitos por Diyab de suas próprias aventuras de juventude, durante sua viagem de Alepo a Paris e à corte real, em Versalhes. As semelhanças entre as duas narrativas talvez explique o fascínio que Diyab sentia pela história oferecida a Galland, mesmo que ele não tenha participado da autoria do texto. Na condição de caçula de vários irmãos que foram aprendizes de um comerciante francês em Alepo, Hanna Diyab compreenderia o apelo da promessa vazia que o mago faz a Aladim, de ajudá-lo a se estabelecer como mercador de tecidos. O mago, que fingindo ser tio do jovem alicia Aladim a servi-lo, faz ecoar o aventureiro francês Paul Lucas, que cooptou Diyab a acompanhá-lo em uma caça ao tesouro através do Mediterrâneo, prometendo-lhe uma posição na corte francesa. A notoriedade de Lucas dependia das diversas identidades falsas por ele assumidas e de uma suposta competência no uso de amuletos e simpatias para curar doenças.

Em suas memórias, Diyab conta que Lucas se dizia capaz de invocar os poderes da pedra filosofal contra as agruras da idade. Curiosamente, a primeira tumba violada, conforme Diyab descreve em seu relato das experiências ao lado de Lucas, ensejou a descoberta de um anel e uma lâmpada.

A descrição feita por Diyab de suas viagens na companhia de Lucas contém a marca de um resoluto contador de histórias, que não se furta a intensificar o suspense por meio da inserção de uma narrativa dentro da outra, ao modo de Sherazade. Seu relato das maravilhas de Versalhes, onde foi apresentado a Luís XIV, inclui frases que refletem descrições de palácios e princesas que constam de "Aladim" e "O príncipe Ahmed" – esta mais uma das histórias acrescentadas à coletânea *As mil e uma noites* graças a Diyab. Ao visitar Paris, pouco mais velho que o adolescente Aladim, Diyab expressa solidariedade com os pobres e oprimidos da cidade durante o rigoroso inverno de 1708-9 e a fome que se instalou nos meses subsequentes. Não será surpresa, portanto, que muitas das histórias por ele recontadas a Galland na primavera de 1709 girem em torno de jovens e excluídos, inclusive o conto de um menino pobre cuja vida é transformada pela posse de uma lâmpada mágica.

A despeito de atribuirmos o apelo da história à perspectiva do jovem viajante sírio ou ao erudito tradutor francês, "Aladim" constituiu uma resposta oportuna à sede do público leitor francês por contos de fadas. *Les mille et une nuits*, de Galland, foi o fenômeno editorial da época, surgindo no auge da ânsia parisiense pelo *conte de fées* e arrastando consigo inúmeros aspectos do gosto francês, desde cenários teatrais a moda e decoração de interiores. Reza a lenda que, aguardando a publicação da edição seguinte da coleção de doze volumes, leitores indóceis atiravam pedras na janela do apartamento de Galland, até que ele aparecesse para contar mais uma história. Em uma carta, Galland afirma não ser grande entusiasta do gênero e queixa-se de que seus tratados sobre moedas e café não fossem tão bem-sucedidos. Mas as histórias que Diyab cedeu a Galland eram extremamente adequadas ao mercado editorial francês naquele momento. "Aladim", junto a "Ali Babá" e "O príncipe Ahmed", haveria de se tornar um dos contos mais duradouros de *As mil e uma noites*, dando a volta ao mundo, indo da página ao palco e à tela cinematográfica. Os contos acrescentados tornaram-se as lentes através das quais leitores europeus vislumbraram a antologia como um todo. Ao juntar as histórias de Diyab à coletânea, Galland ensinou a Europa a ler a coleção, em sua totalidade, como um repositório de maravilhas.

Traduções inglesas de "Aladim" ensejaram a circulação da história em uma variedade de contextos novos. Mesmo antes de Galland concluir sua tradução, publicada em vários volumes, em 1717, uma versão anônima e espúria de *As mil e uma noites* já surgira em Londres, mas "Aladim" a suplantaria nesse novo mundo de edições populares. No início do século XIX, versões do conto em língua inglesa circulavam em folhetins autônomos, em coleções de *As mil e uma noites* adaptadas para crianças e em antologias de contos de fadas, nas quais a história de Aladim era encadernada junto a contos de fadas ingleses, tais como "João e o pé de feijão". A versão resumida de "Aladim" destinada às crianças e publicada por Elizabeth Newbery em 1790 como parte do livro *The Oriental Moralist* foi zelosamente expurgada de qualquer elemento capaz de "causar a menor ofensa ao leitor mais sensível". Portanto, nessa versão de "Aladim", o filho do grão-vizir passa a noite de núpcias sozinho, em um estábulo provido de palha limpa, e não em um sanitário. Nessas célebres edições infantis, Aladim precisava dar bom exemplo de virtude às mentes jovens.

Ambientada originalmente em um reino chinês não identificado, a história de Aladim foi transportada a outros ambientes, em um ciclo infindo de adaptações. Embora edições ilustradas do conto costumassem explorar fantasias orientais exóticas, as aventuras de Aladim também podiam ter lugar nas ruas de Paris ou Londres. As incertezas das fontes originais da história ficavam esquecidas em pastiches nos quais palácios e cenas francesas serviam para ilustrar cenários vagamente chineses. Na Inglaterra do século XIX, encontrar o conto "Aladim" como parte de *As mil e uma noites* era a exceção, não a regra. A esmagadora maioria dos leitores vitorianos, a exemplo da maioria dos leitores de língua inglesa desde então, deparou-se com "Aladim" em adaptações infantis.

Devido à sua crescente popularidade, a história de Aladim chegou aos palcos britânicos no final do século XVIII, onde se tornou uma das pantomimas mais encenadas durante as celebrações do Natal. Na condição de "pantomima", entretenimento teatral infantil caracterizado por música e comédia, "Aladim" transformou-se em um espetáculo bastante apreciado por parte do público, em montagens que exploravam a ambientação exótica e as súbitas guinadas da sorte presentes na história: a versão encenada no teatro Drury Lane, em 1885, incluía nada menos do que onze mudanças de cenário. Tais montagens, a exemplo de outras adaptações teatrais, atraíram para a história de Aladim a atenção de cineastas, desde os primórdios do cinema. As primeiras películas baseadas em *As mil e uma noites* eram, no mais das vezes, tão somente versões fílmicas de peças e grandes espetáculos teatrais já conhecidos do público em geral, e alguns dos primeiros filmes mudos rodados na França, nos Estados Unidos e na Índia valeram-se dos contos acrescentados por Galland e Diyab à coletânea.

Muito antes que os estúdios Disney escolhessem "Aladim" como base do desenho animado lançado em 1992, a história já se estabelecera como uma franquia global. Aficionados do cinema mudo haverão de se lembrar de *O ladrão de Bagdá*, sucesso de Douglas Fairbanks lançado em 1924, película que fez empréstimos junto a "Aladim", "Ali Babá" e "O príncipe Ahmed", mas mesmo antes desse sucesso de Hollywood, estúdios alemães já exploravam na tela fantasias orientais – nos filmes *Sumurun* (1920), de Ernst Lubitsch, e *Destino* (*A morte cansada*), de Fritz Lang (1921). A aparição mais significativa de Aladim naqueles anos foi no desenho animado, em longa-metragem, criado pela cineasta alemã Lotte Reiniger e intitulado *As aventuras do príncipe Achmed* (1926), no qual um dos cinco atos do filme foi dedicado à história da origem do personagem. A então emergente indústria cinematográfica da Índia mostrou-se igualmente fascinada por "Aladim" e outros contos de *As mil e uma noites* naqueles anos iniciais do cinema, mesmo antes de importações norte-americanas, tais como *O ladrão de Bagdá*, consolidarem o gênero. O desenho animado lançado pelos estúdios Disney é apenas um episódio tardio inserido em uma longa tradição de representações de "Aladim" na tela.

À medida que circulava em traduções e adaptações europeias, o relato sobre Aladim e sua lâmpada mágica passou a integrar o vocabulário básico das letras ocidentais. Em alguns casos, em histórias de aventuras exóticas, escritores apenas invocavam Aladim como uma alusão conhecida. Em *O conde de Monte Cristo*, por exemplo, Alexandre Dumas representa uma fantasia à moda de *As mil e uma noites*, em um ambiente mediterrâneo que inclui uma caverna repleta de tesouros vigiada por Simbad, o Marujo, e um personagem inspirado em Aladim, propenso a visões fantásticas induzidas por haxixe. O lado mais escuro do mundo onírico propiciado pela lâmpada de Aladim é também ressaltado no conto de Robert Louis Stevenson intitulado "O demônio da garrafa", no qual o protagonista adquire uma garrafa capaz de realizar desejos, mas se vê obrigado a correr o risco da condenação eterna, caso morra na posse da garrafa mágica. Na versão desse conto de fadas criada por Stevenson, nada é gratuito.

A despeito da evidente associação que a história demonstra com intervenções sobrenaturais e realidades alternativas, escritores que trabalhavam por meio de uma abordagem realista também recorreram à lâmpada de Aladim como metáfora de sonhos de liberdade e prosperidade – mesmo quando tais sonhos parecem prestes a ruir. Em *Moby Dick*, a lâmpada de Aladim simboliza o deleite gerado pela exploração bem-sucedida de um recurso precioso: o óleo de baleia. Enquanto o comerciante comum é obrigado a "vestir-se na escuridão, comer na escuridão e tropeçar na escuridão até seu catre", o pescador de baleia "vive na luz. Seu camarote é a lâmpada de Aladim, e ali ele se deita; portanto, na mais escura das noites, o casco negro do navio abriga alguma luz". Para Dickens, que mergulhou nos procedimentos narrativos de *As mil e uma noites*, a história de Aladim ensejou um modelo que lhe permitiu refletir sobre a ação do destino no cenário complexo da cidade vitoriana. Personagens como Dick Swiveller, em A *loja de antiguidades*, parecem beneficiar-se de seu próprio gênio misterioso – rendendo-se a um sonho à moda de *As mil e uma noites*, no qual o casamento com a "Princesa da China" é acompanhado pela invocação de "escravos negros portando na cabeça ânforas cheias de joias". Um emprego mais constante de referências a "Aladim" permeia os ensaios escritos por Dickens para o semanário *Household Words*, nos quais as maravilhas da caverna secreta e os poderes do gênio são eclipsados pelo imenso tesouro gerado por certa empresa londrina e pelo súbito surgimento de palácios nos subúrbios da cidade – produto de forças que estão além da compreensão humana.*

O poder demonstrado pelos contos de *As mil e uma noites* – e pela lâmpada de Aladim – no sentido de liberar a noção do maravilhoso contida em sonhos infantis constitui um fio consistente na literatura do século XX, à medida que escritores refletem acerca de sua própria herança cultural híbrida. Em *Aké*, seu livro de memórias, Wole Soyinka, ganhador do Prêmio Nobel, associa as histórias de "Aladim" e "Ali Babá" a relatos bíblicos sobre milagres e a um reino mágico cujo acesso se dá por meio da ingestão do fruto proibido em sua infância. A romã, "com seu aspecto e toque pétreo, abria os porões de Ali Babá, extraía o gênio da lâmpada de Aladim,

* Ver Richard Maxwell, *Mysteries of Paris and London*, Charlottesville: University of Virginia Press, 2015.

dedilhava as cordas da harpa que restaurou a sanidade de Davi, fazia abrir as águas do Nilo e enchia nossa paróquia com incenso oriundo do templo sombrio de Jerusalém". Para Salman Rushdie, recontar "Aladim" em *Os versos satânicos* em plena Londres pós-imperial foi uma oportunidade para debater legados coloniais e aspirações frustradas na juventude. Em Mumbai, sua cidade natal, o jovem Saladin, na biblioteca de seu pai, anseia pela lâmpada mágica ao lado dos volumes dourados da edição de *As mil e uma noites* compilada por Burton, mas o pai severo priva-o da lâmpada enquanto metáfora da liberdade negada. No último capítulo do romance, "Lâmpada mágica", inesperadamente, tal conflito propicia o conto de fadas configurado pela reconciliação de Saladin não apenas com o pai moribundo, mas com o legado cosmopolita de sua formação muçulmana e hindu.

Por vezes, escritoras apelam a "Aladim" não para clamarem por liberdade irrestrita e possibilidades, mas para se referirem aos desafios e às limitações específicas que enfrentam em sua condição de mulheres e autoras. Clarice Lispector valeu-se de seu encontro com a história na infância para sinalizar sua insatisfação diante das possibilidades a ela oferecidas como mulher em meados do século XX no Brasil. Evocando uma edição de "Aladim", um dos primeiros livros que leu, a autora relembra a percepção precoce de que dificilmente conseguiria concretizar seus desejos, a não ser que criasse suas próprias oportunidades. A escritora argentina Victoria Ocampo afirmou que mesmo que "possuísse uma lâmpada mágica, como Aladim, e ao esfregá-la tivesse o poder de escrever como Shakespeare, Dante, Goethe, Cervantes ou Dostoiévski", não verbalizaria tal desejo, pois "uma mulher não pode desabafar seus pensamentos e sentimentos escrevendo no estilo masculino, assim como não pode falar com voz masculina".

A imagem de Aladim e sua lâmpada mágica é tão ubíqua que o estudioso folclorista Ulrich Marzolph cunhou o termo "Síndrome de Aladim", no intuito de se referir à tendência que se observa do emprego desse conto para representar *As mil e uma noites*, bem como a literatura árabe e as culturas do Oriente Médio de modo geral. Na cultura popular, a recorrente contação de "Aladim" faz lembrar uma brincadeira de "telefone sem fio", na qual a representação de culturas e povos do Oriente Médio torna-se cada vez mais embaralhada. À medida que se distanciou da fonte original, o simbolismo de "Aladim" passou a ser mobilizado na cultura popular norte-americana tanto com conotação positiva como negativa. Em meados do século XIX, por exemplo, enquanto norte-americanos das classes média e alta vivenciavam uma prosperidade crescente, o personagem Aladim tornou-se útil como metáfora para sonhos de consumo alimentados pela expansão capitalista.* Atualmente, a maioria dos norte-americanos conhece "Aladim" devido ao desenho animado lançado pelos estúdios Disney, em 1992, que enfatiza estereótipos raciais ao retratar personagens que parecem reunir em si mesmos uma estranha miscelânea de culturas do Oriente Médio. Talvez o sintoma mais surpreendente da "Síndrome de Aladim" tenha sido a pesquisa realizada entre eleitores do Partido Republicano, em dezembro de 2015, na qual trinta por cento dos entrevistados apoiaram o bombardeio norte-americano a Agrabah, cidade ficcional em que a ação do referido desenho animado *Aladim*, produzido pela Disney, é ambientada.

Não obstante a popularidade e a influência da história, "Aladim" costuma ser relegada a uma importância secundária em traduções de *As mil e uma noites* para a língua inglesa. No século XIX, Edward Lane omitiu o conto, simplesmente, pois acreditava que todas as histórias acrescentadas à edição francesa fossem espúrias. O poeta pré-rafaelita John Payne só incluiu o conto em um volume anexado à sua tradução depois que a história surgiu em um manuscrito árabe (cuja falsificação seria mais tarde constatada). Richard Burton, também, relegou o conto a um suplemento à sua tradução de *As mil*

* Susan Nance, *How the Arabian Nights Inspired the American Dream, 1790-1935*, Durham: University of North Carolina Press, 2009. Quanto à relevância abrangente da "Síndrome de Aladim", ver Edward Said, *Orientalism* [*Orientalismo*], Nova York: Pantheon, 1978.

e uma noites – comprometendo sua reputação de linguista ao afirmar que, em vez de trabalhar com a versão francesa, elegera uma versão em uma língua vernácula do sul da Ásia. Tendo Burton em mente, Jorge Luis Borges sugeriu que cada aventureiro empedernido que se arvorou em traduzir *As mil e uma noites* visou superar o predecessor – o que propiciou uma série de tradutores definidos por uma masculinidade literária agressiva. Perdido em meio a essa narrativa está o fato de que muitas das versões de maior circulação de "Aladim" e outros contos de *As mil e uma noites* resultaram do trabalho de editoras e ilustradoras, tais como Mary Elizabeth Braddon e Virginia Frances Sterrett.

Em se tratando de "Aladim", tradutores recentes de *As mil e uma noites* têm se mostrado inclinados a seguir os passos de Edward Lane. Ao preparar sua versão inglesa, Husain Haddawy descartou os contos acrescentados à edição francesa, como se fossem uma espécie de fuligem a ser removida pelo editor e pelo tradutor, para que o núcleo autêntico da coletânea pudesse ser restaurado. Mais tarde, o editor de Haddawy insistiria para que ele incluísse "Aladim" e "Ali Babá" em um volume suplementar de "contos populares", mas tais histórias parecem ter sido relegadas a uma importância secundária. Tradutores talentosos de árabe nem sempre se sentem à vontade trabalhando a partir da versão francesa. O resultado é que traduções de "Aladim" para o inglês tendem a ser arcaicas e pomposas, ou então insípidas. Todas essas edições são inundadas por quantidades de contos de qualidade variável.

A recente descoberta das memórias de Diyab e seu relato de ter cedido contos a Galland demonstram que "Aladim" não é, a rigor, uma invenção francesa, mas sírio-francesa, em origem e composição. No espírito desse recente entendimento quanto à proveniência do conto, foi uma bênção encontrar uma tradutora familiarizada com a língua árabe e a língua francesa, igualmente à vontade com *As mil e uma noites* e com o francês do século XVIII. Sendo ela mesma escritora, e também estudiosa de literatura e fluente em inglês, francês e árabe – e, por um capricho do destino, de origem sírio-francesa –, Yasmine Seale é singularmente capacitada para realizar a tarefa. Além disso, ela nos lembra a importância de ler a história no arcabouço de *As mil e uma noites* e de escavar a voz da fragilizada narradora feminina soterrada pelos homens que a moldaram e remoldaram. "O texto de Galland avança em uma cadência elegante, quase majestosa", escreveu-me Seale, enquanto traduzia a história, "mas eu me perguntava como o texto soaria se pudéssemos ouvir a própria Sherazade. Ela conta a história para salvar a própria vida, literalmente. Eu imaginei algo como uma energia ensandecida fluindo abaixo da prosa pudica de Galland. É uma sinfonia a ser tocada *prestissimo*."

Grandes contadores de histórias costumam ser grandes leitores. Com base no arcabouço de *As mil e uma noites*, sabemos que Sherazade é uma mulher que leu muitos livros, que sabe poesia de cor. Enquanto permanece em vigília, tecendo a trama de Aladim para o prazer do marido e potencial carrasco, ela reconhece sua dívida para com essas outras vozes, referindo-se, enigmaticamente, aos "autores desta história". As páginas a seguir oferecem um canal, através do relato de "Aladim" feito por Galland, para todos os que porventura contaram a história antes dele – não uma voz única, mas um coro, cantando uns para os outros ao longo dos anos. Se não temos como remover as diversas camadas a fim de encontrar o núcleo autêntico, podemos, ao menos, chegar ao cerne do apelo da história – a fronteira fluida entre o real e o fantástico que tem propiciado solo tão fértil para as visões de tantos artistas pelo mundo afora, que, juntos, mantêm vivo o conto, incessantemente reinventando essa história de um menino e uma lâmpada mágica.

Paulo Lemos Horta

Paulo Lemos Horta é professor de literatura da Universidade de Nova York (NYU), tendo lecionado no Institute for World Literature, de Harvard. Autor de *Marvellous Thieves: Secret Authors of the Arabian Nights*, foi coeditor de *Cosmopolitanisms* e colaborou com publicações como *The Times Literary Supplement*, *The Los Angeles Review of Books* e *Suplemento Pernambuco*. Estudioso de *As mil e uma noites*, ele está organizando uma nova versão da obra para o inglês, com tradução de Yasmine Seale.

A HISTÓRIA DE ALADIM
ou
A LÂMPADA MÁGICA

Ao concluir a história, Sherazade prometeu ao sultão outra, não menos encantadora, no dia seguinte. Antes que o sol raiasse, sua irmã, Duniazade, lembrou-a da promessa e disse que o sultão estava pronto para ouvi-la. Sherazade não o fez esperar. Esta é a história que ela contou.

O FILHO DO ALFAIATE

MAJESTADE, na capital de um dos reinos vastos e ricos da China, cujo nome agora me escapa, vivia um alfaiate chamado Mustafá, que não possuía outra distinção além de seu ofício. Esse alfaiate era muito pobre, e o que ganhava com seu trabalho mal dava para alimentar a si mesmo, a esposa e um filho que Deus lhes concedera.

O filho, que se chamava Aladim, tinha sido criado sem muito zelo, o que fez com que desenvolvesse tendências desregradas: cresceu sendo cruel, teimoso e rebelde. Depois que atingiu certa idade, os pais não conseguiram mais segurá-lo dentro de casa, e ele passava os dias brincando nas ruas e praças em companhia de meninos vadios, alguns até mais jovens do que ele.

Quando Aladim alcançou a idade de aprender um ofício, seu pai, que só conhecia sua própria ocupação, levou-o a seu ateliê e tentou ensinar-lhe a costurar. Mas nem carinho nem castigo foram capazes de aplacar a mente inquieta do filho. Assim que o alfaiate virava as costas, Aladim fugia e ficava na rua até a noite, e, incapaz de alterar a conduta do filho, Mustafá foi obrigado a abandoná-lo ao seu desregramento. Isso muito o magoou, e o pesar por não conseguir encaminhar o filho provocou-lhe uma doença tão grave que ele morreu poucos meses depois.

A mãe de Aladim, vendo que o filho rejeitava o ofício do pai, fechou o ateliê e mandou fundir todos os apetrechos misturados com prata, o que, somado ao pouco que ela ganhava tecendo algodão, garantiu-lhes o sustento.

Livre do medo que sentia do pai, e tão atrevido com a mãe a ponto de desafiá-la diante da menor repreensão, Aladim entregou-se totalmente à sua vida desenfreada. Cercou-se de meninos da sua idade e só queria saber de se divertir, vivendo na vadiagem até completar quinze anos, sem demonstrar a menor curiosidade por nada no mundo e sem se preocupar com o futuro. Então, um belo dia, enquanto Aladim brincava numa praça com seu bando de amigos vadios, um estranho que por ali passava se deteve e olhou para ele.

Esse estranho era um grande feiticeiro, a quem os autores desta história chamavam de mago do Magrebe, e assim vou chamá-lo, pois era mesmo proveniente do norte da África, e ali tinha chegado havia apenas dois dias.

Se o mago, que dominava a arte da leitura facial, enxergou nos traços de Aladim a resposta à sua própria busca, não temos como saber, mas, discretamente, ele se informou sobre a família, a condição social e o caráter do jovem. Quando descobriu tudo o que desejava saber, aproximou-se do rapaz e afastou-o um pouco dos amigos.

– Meu menino – ele disse –, teu pai não é Mustafá, o alfaiate?

– Era – respondeu Aladim –, mas já morreu faz muito tempo.

Ao ouvir tais palavras, o mago abraçou Aladim e beijou-o várias vezes, suspirando e às lágrimas. Aladim perguntou por que ele chorava.

– Ah, meu menino – choramingou o mago –, como não hei de chorar? Sou teu tio, e teu pai era meu querido irmão. Minhas viagens me mantiveram distante, por muitos anos, e logo quando eu volto, na esperança de revê-lo e dar a ele a alegria do meu regresso, me dizes que ele morreu. Muito me dói ser privado de tal alegria. Mas vejo o rosto dele no teu, e isso, ao menos, me traz algum consolo.

Enfiando a mão no bolso, o mago perguntou a Aladim onde sua mãe residia e, ao ouvir a resposta, entregou-lhe um punhado de moedas.

– Vai até tua mãe – ele disse –, apresenta a ela as minhas saudações e diz que, se der tempo, vou visitá-la amanhã, para ver a casa onde meu querido irmão viveu e morreu.

Quando o mago despediu-se do sobrinho que acabara de inventar, Aladim correu até a casa da mãe, satisfeito, com o bolso cheio de moedas.

– Mãe – ele disse –, eu tenho tios?

– Não – respondeu a mãe –, nem do lado do seu pai nem do meu.

– Mas eu acabo de encontrar um homem que diz que é irmão do meu pai. Ele até me beijou, chorando, quando eu disse que o meu pai tinha morrido. Se a senhora não acredita em mim, veja só o que ele me deu. Ele mandou saudações para a senhora, e disse que vem aqui amanhã, para ver a casa onde meu pai viveu e morreu.

– É verdade – disse a mãe – que o seu pai tinha um irmão, mas ele morreu faz muito tempo, e eu nunca ouvi seu pai falar em outro irmão.

No dia seguinte, o mago abordou Aladim pela segunda vez, quando o jovem brincava em outro ponto da cidade, na companhia de outras crianças. Abraçando-o novamente, e oferecendo-lhe duas moedas de ouro, ele disse:

– Leva estas moedas para a tua mãe e diz a ela para me esperar para a ceia hoje à noite. Mas, antes, me diz onde fica a tua casa.

Ele disse, e o mago deixou-o partir.

Aladim levou as moedas de ouro para casa e as entregou à mãe. Ela gastou o dinheiro com provisões e na preparação da ceia e, não tendo louça e talheres suficientes, foi pedir emprestado aos vizinhos. Quando a ceia ficou pronta, ela disse a Aladim:

– Pode ser que o seu tio não consiga encontrar a nossa casa. Vá procurá-lo e traga ele até aqui, se o encontrar.

Aladim estava de saída, quando se ouviu uma batida na porta. Ele a abriu e o mago entrou, carregado de vinho e frutas, logo ofertados a Aladim. Depois de cumprimentar a mãe do jovem, o mago pediu-lhe que mostrasse o lugar no sofá onde Mustafá costumava sentar-se. Ela mostrou, e ele desabou, beijando o assento e chorando.

– Meu pobre irmão! – chorava ele. – Que tristeza eu ter chegado tarde demais para te abraçar mais uma vez antes que nos deixasses! – Embora a mãe de Aladim lhe oferecesse, ele se recusou a sentar-se no mesmo lugar no sofá. – Não me atrevo – ele disse –, mas deixem que eu me sente diante do sofá, bem aqui, e imagine a presença dele entre nós.

A mãe de Aladim não insistiu, e deixou-o sentar-se onde queria. Depois de escolher o assento, o mago disse:

– Minha querida irmã, não fiques surpresa que este seja o nosso primeiro encontro: faz quarenta anos que eu deixei este país, que é tanto meu quanto do meu falecido irmão. Nesse tempo, estive na Índia, na Pérsia, na Arábia, na Síria e no Egito, e visitei as cidades mais belas desses países, antes de ir para o Magrebe, onde me fixei. Depois de muito tempo, como, por mais longe que se vá, é natural nunca permitir que a terra da gente se apague da memória, fiquei tão desejoso de rever meu país e abraçar o meu querido irmão, enquanto ainda tinha forças para fazer a viagem, que tomei as providências e parti, sem mais demora. Nada direi sobre o tempo que levei nem sobre os obstáculos que encontrei e os problemas que enfrentei para chegar aqui. Só direi que nada me causou mais tristeza durante toda a viagem do que a notícia da morte do meu irmão. Reconheci os traços dele no rosto do meu sobrinho, e foi assim que o identifiquei no meio da criançada. Ele deve ter contado como fiquei sentido com a notícia terrível, mas devemos louvar a Deus por todas as coisas. Tenho o consolo, ao menos, de ver o rosto dele refletido no do filho.

O mago, vendo a mãe sofrendo diante da lembrança do marido, mudou de assunto e, virando-se para Aladim, perguntou-lhe como se chamava.

– Meu nome é Aladim.

– Bem, Aladim, do que te ocupas? Tens algum ofício?

Desconcertado pela pergunta, Aladim desviou o olhar. A mãe respondeu por ele.

– O Aladim é preguiçoso – ela disse. – O pai fez de tudo para ensinar o ofício de alfaiate a ele, mas não conseguiu. Desde que o pai morreu, apesar de todo o meu esforço, a única ocupação desse meu filho tem sido andar pelas ruas, onde o senhor o encontrou, brincando com outras crianças, embora ele nem seja mais criança. A menos que o senhor consiga fazer com que ele crie vergonha, não sei o que será do Aladim. Ele sabe que o pai era pobre, e que com o meu tear eu luto para dar de comer a nós dois. Um dia desses eu vou mostrar a porta da rua para ele e vou mandá-lo para o mundo, sozinho.

Ao dizer tais palavras, a mãe de Aladim pôs-se a chorar.

– Isso não é bom, meu menino – disse o mago. – Tu precisas pensar num jeito de ganhar a vida. Tem ofício de todo tipo, e vais encontrar um que te agrade mais que os outros. Talvez o que era bom para o teu pai não seja bom para ti. Não precisas esconder nada de mim: só quero ajudar.

Como Aladim nada respondeu, ele prosseguiu:

– Se não pretendes aprender um ofício e quiseres te tornar cavalheiro, eu posso te estabelecer como comerciante de tecidos. Terias teu próprio bazar e ganharias a vida honradamente. Pensa bem, e diz com franqueza o que achas. Vais ver que estarei sempre disposto a cumprir minha promessa.

A oferta lisonjeou Aladim, que não gostava de trabalho braçal nem era tolo a ponto de não saber que os estabelecimentos comerciais em questão eram limpos e benquistos, e que os comerciantes andavam bem-vestidos e eram respeitados. Ele disse ao mago, a quem agora considerava seu tio, que se sentia mais propenso ao comércio de tecidos do que a qualquer outro tipo de negócio, e que seria sempre grato a ele por sua generosidade.

– Já que gostas da ideia – disse o mago –, vou te levar comigo amanhã, e vou te vestir com trajes novos e belos, dignos dos comerciantes mais ricos da cidade. No dia seguinte, vamos providenciar o teu bazar.

A mãe de Aladim, que até então não acreditara que o mago fosse irmão de seu marido, abandonou toda e qualquer dúvida ao ouvir o que o homem prometia fazer por seu filho. Agradeceu-lhe as boas intenções e, depois de instar Aladim a ser digno das bênçãos prometidas pelo tio, serviu a ceia. A conversa fluiu em torno desse assunto durante toda a refeição, até que o mago, vendo que já era tarde, despediu-se da mãe e do filho.

Na manhã seguinte, ele voltou, conforme prometido, e levou consigo Aladim a um comerciante que vendia roupas confeccionadas com os tecidos mais refinados e adequadas a todas as idades e ocasiões. O comerciante perguntou o tamanho que Aladim usava e, depois de separar os itens mais suntuosos, disse-lhe que fizesse sua escolha. Encantado com a generosidade do novo tio, Aladim escolheu um traje, e o mago pagou o preço estipulado sem barganhar.

Quando se viu tão bem-vestido, da cabeça aos pés, Aladim agradeceu ao tio, enfaticamente, e o mago reiterou a promessa de jamais abandoná-lo. Em seguida, levou o jovem aos locais mais elegantes da cidade, onde ficavam os estabelecimentos dos comerciantes mais abastados, e quando chegaram à rua dos grandes bazares, que vendiam os tecidos mais finos, ele disse a Aladim:

– Visto que em breve serás um comerciante como esses aí, é preciso que os conheça e que eles te conheçam também.

Depois, levou o jovem às mesquitas mais imponentes, às estalagens onde os comerciantes estrangeiros se hospedavam e às dependências do palácio do sultão cujo acesso era livre. Por fim, tendo visto o que havia de melhor na cidade, foram até a estalagem onde o mago se hospedara. Encontraram um grupo de comerciantes com os quais o mago fizera amizade, desde que ali chegara, e os quais ele convidou para almoçar, a fim de apresentá-los ao suposto sobrinho.

A comilança durou até o início da noite. Finalmente, Aladim pediu licença, e o mago fez questão de acompanhá-lo até a porta da mãe. Quando viu o filho com roupa nova, ela deu um grito de felicidade e abençoou o mago mil vezes.

– Querido cunhado! – ela disse. – Eu sei que o meu filho não merece os seus presentes, e que será indigno deles se não corresponder à confiança que o senhor deposita nele. Quanto a mim, quero lhe agradecer mais uma vez, com toda a minha alma, e desejar vida longa ao senhor para que testemunhe a gratidão dele, que só vai poder ser expressa se ele se conduzir de acordo com o que o senhor propôs.

– O Aladim é um bom menino – respondeu o mago. – Ele me atende, e acredito que vamos transformá-lo em alguém importante. Minha única preocupação é não poder cumprir o que prometi fazer amanhã, pois, sendo sexta-feira, os estabelecimentos comerciais vão estar fechados, e não vamos poder alugar e equipar um para nós enquanto os outros comerciantes estiverem de folga. Precisamos adiar as nossas providências até sábado, mas vamos manter o nosso encontro amanhã. Vou levá-lo aos jardins onde a elite gosta de ser vista. Acho que ele desconhece o tipo de divertimento que essas pessoas desfrutam lá. Até hoje, ele só provou prazeres infantis. Agora precisa conhecer os prazeres dos homens.

Dito isso, o mago foi embora. Aladim, radiante com seu novo traje, ansiava por conhecer os jardins fora da cidade, pois nunca havia transposto as muralhas urbanas nem vislumbrado os arredores do povoado.

Um anel e uma lâmpada

Na manhã seguinte, Aladim levantou-se e se vestiu cedo, para estar pronto quando o tio viesse buscá-lo. Depois de esperar bastante tempo, sua impaciência levou-o até a porta. Posicionou-se na soleira, na esperança de ver o tio chegar, e, ao avistar o mago, despediu-se da mãe e correu ao seu encontro.

O mago transbordava ternura com Aladim.

– Vamos, meu menino – ele disse, com um sorriso. – Eu quero te mostrar coisas maravilhosas.

Cruzaram um portão que dava acesso a uma série de casas deslumbrantes, ou melhor, palácios, todos exibindo jardins magníficos cujo ingresso era inteiramente livre. Ao passar por cada palácio, o mago perguntava se Aladim o achava belo, e Aladim, vislumbrando o palácio seguinte, respondia antes de ser indagado:

– Tio, aquele palácio é ainda mais belo do que todos que já vimos.

E assim avançaram em direção ao campo, e o mago ardiloso, que não media esforços para alcançar seu objetivo, entrou em um dos jardins. Foi sentar-se ao lado de uma grande fonte que jorrava água fresca através das narinas de um leão de bronze, e fingiu-se exausto.

– Deves estar tão cansado quanto eu – ele disse a Aladim. – Vamos parar aqui e recuperar o fôlego. Precisamos das nossas forças para encarar o resto da caminhada.

Enquanto ali sentavam, o mago desdobrou um lenço que pendia de seu cinto, dentro do qual escondera bolos e frutas, e estendeu-o à beira da fonte. Dividiu um bolo com Aladim e deixou-o escolher a fruta que quisesse. Durante a refeição, aconselhou o menino a se afastar dos jovens amigos e buscar a companhia de homens sábios e previdentes.

– Em breve – disse ele –, serás um homem-feito, como eles, e nunca é cedo demais para assimilares bom exemplo.

Quando acabaram de comer, levantaram-se e prosseguiram pelos jardins, separados uns dos outros apenas por valetas estreitas que demarcavam seus limites, sem impedir qualquer acesso; era tamanha a boa-fé dos habitantes que não havia necessidade de muros. Aos poucos, o mago conduziu Aladim além dos jardins e avançou pelos campos, até que chegaram quase às montanhas.

Aladim, que jamais caminhara tanto em toda a sua vida, ficou exausto.

– Tio – ele disse –, aonde estamos indo? Os jardins ficaram lá para trás, e eu agora só vejo montanha. Se caminharmos para mais longe ainda, não vou ter forças para voltar até a cidade.

– Coragem, meu menino – disse o falso tio –, eu quero te mostrar mais um jardim, que supera todos aqueles que já viste. Ele fica a poucos passos daqui. Quando lá chegarmos, vais me dizer que pena seria não tê-lo visto, depois de estarmos tão perto.

Aladim assentiu, e o mago levou-o adiante, o tempo todo distraindo o jovem com histórias.

Por fim, alcançaram uma passagem estreita entre duas montanhas. Era àquele local estranho que o mago pretendia atrair Aladim; agora ele poderia concretizar o sonho que o levara desde o extremo da África até a China.

– Não precisamos caminhar mais – disse o mago. – Eu quero te mostrar coisas raras e maravilhosas. Mas, antes, vai catar os gravetos mais secos que puderes encontrar, enquanto eu preparo um fogo.

A vegetação rasteira era tão densa que Aladim logo catou gravetos suficientes, enquanto o mago produzia a primeira chama. À medida que a madeira queimava, o mago pingava gotas de óleo perfumado no fogo. Ergueu-se uma espessa coluna de fumaça, que ele fazia oscilar, de um lado para outro, com um gesto da mão e murmurando palavras que Aladim não compreendia.

Naquele momento, o solo estremeceu e se abriu, expondo uma pedra cuja superfície media cerca de trinta centímetros quadrados, sendo achatada e provida de uma argola de bronze com a qual podia ser suspendida. Aladim, apavorado, tentou fugir, mas o mago o impediu e, com raiva, desferiu-lhe um tapa tão violento no rosto que o jovem foi ao chão. O sangue que jorrou era tanto que parecia que os dentes da frente tinham sido arrancados da boca.

– Tio! – gritou o pobre Aladim, tremendo e choroso. – O que eu fiz para merecer esse tapa?

– Eu tenho os meus motivos – retorquiu o mago. – Sou teu tio, e poderia até ser teu pai. Não me respondas mal. Mas não tenhas medo – ele disse, com mais calma. – Tudo o que peço é a tua obediência, se fores digno da grande recompensa da qual em breve poderás desfrutar.

Tais promessas aplacaram o medo de Aladim. Quando percebeu que havia recuperado a confiança do jovem, o mago prosseguiu.

– Embaixo desta pedra há um tesouro destinado a ti, que te fará mais rico do que os maiores reis da terra. Ninguém exceto tu poderá tocar no tesouro; até eu sou proibido de me aproximar dele. Mas, para encontrá-lo, tens que fazer exatamente o que eu mandar.

Ao pensar no tesouro, Aladim esqueceu o medo.

– Eu vou obedecer – ele disse. – O que devo fazer?

– Pega esta argola – disse o mago – e suspende a pedra.

– Mas eu não tenho força para fazer isso – disse Aladim. – Vou precisar da ajuda do senhor.

– Tu não precisas de ninguém. Aliás, nada acontecerá se eu te ajudar. Tens de suspender a pedra sozinho. Pronuncia os nomes do teu pai e do teu avô ao tocar na argola, e vais ver que a pedra nada pesará.

Aladim obedeceu ao mago e levantou a pedra com facilidade.

O espaço embaixo revelou um lance de degraus que davam acesso a uma câmara com cerca de um metro e meio de profundidade.

– Desce aí – disse o mago. – Ao pé desta escada há uma porta aberta que dá para três salões. Lá vais encontrar muitos potes de bronze cheios de ouro e prata, mas passa pelos salões sem tocar em nada. Nem mesmo a tua capa pode tocar nas paredes; mantém a capa junto ao corpo. Caso contrário, morrerás na mesma hora. O terceiro salão dará acesso a um pomar com belas árvores carregadas de frutas. Caminha até encontrar uma escada de cinquenta degraus. No topo da escadaria há um nicho, e no nicho, uma lâmpada. Pega a lâmpada, esvazia o óleo e traz a lâmpada para mim. Não te preocupes com a possibilidade de manchar a tua capa: o combustível não é, de fato, óleo, e a lâmpada vai ficar seca no instante em que for esvaziada. Quanto às frutas do pomar, podes colher quantas quiseres. Isso não é proibido.

Ele retirou um anel do dedo e entregou-o a Aladim, dizendo que o anel o protegeria do mal.

– Agora vai – disse ele – e procede com valentia. Nós dois seremos ricos até o fim das nossas vidas.

Aladim desceu pela câmara e atravessou os salões com toda a cautela, receando morrer. Cruzou o pomar como se fosse o vento, subiu correndo a escadaria, pegou a lâmpada acesa que estava no nicho, esvaziou o óleo e, constatando que a lâmpada ficara absolutamente seca, conforme dissera o mago, guardou-a na capa. Então, desceu a escadaria, detendo-se apenas para contemplar as árvores, reluzentes de tantos frutos: havia frutas brancas, outras transparentes e lisas como cristal, e frutas vermelhas, algumas mais escuras, e frutas verdes, azuis, roxas e amareladas, além de outras cores. Olhando mais de perto, viu que as brancas eram pérolas; as transparentes e lisas, diamantes; as vermelhas eram rubis, algumas em tons mais escuros; as verdes, esmeraldas; as azuis, turquesas; as roxas, ametistas; as amareladas eram safiras; e assim eram as demais, todas pedras preciosas. O tamanho das pedras era inacreditável e a beleza, indescritível. Aladim, que não fazia ideia do valor ali contido, não se impressionou com a visão daquelas frutas, e não se sentiu tão atraído por elas como se sentiria caso fossem figos ou uvas, ou qualquer outra das belas frutas cultivadas na China. Não tinha idade para reconhecer o valor daqueles frutos: achava que não passavam de vidro colorido. Contudo, diante da beleza e do tamanho das frutas, e da variedade de cores, foi compelido a colhê-las. Encheu os dois bolsos, bem como os dois alforjes que o mago lhe comprara na mesma ocasião que as roupas, e até enfiou algumas frutas por baixo do cinto de tecido, uma longa faixa de seda, para evitar que caíssem no chão.

Desconhecendo o valor da fortuna que levava consigo, Aladim passou depressa pelos salões, com a mesma cautela de antes, e chegou à entrada da câmara, onde o mago o aguardava.

– Por favor – disse Aladim –, me dê a mão e me ajude a subir.

– Primeiro me entrega a lâmpada – disse o mago. – Vai pesar no teu corpo.

– Não se preocupe – respondeu Aladim. – Não está pesando nada. Eu entrego a lâmpada para o senhor assim que sair fora daqui.

O mago insistiu em pegar a lâmpada primeiro, mas Aladim, que a enfiara por baixo das frutas, recusou-se a entregá-la. O mago enfureceu-se e, lançando um pouco de óleo ao fogo, pronunciou algumas palavras mágicas; a pedra voltou a escorregar por cima da câmara, e o solo se fechou.

AO CONTRÁRIO DO QUE AFIRMAVA, o mago não era irmão de Mustafá, o alfaiate. Portanto, tampouco era tio de Aladim. De fato, tinha vindo do norte da África, seu local de nascimento, e, visto que o Magrebe é uma região mais afeita à magia do que qualquer outra, ele se dedicara a tal prática desde a infância. Depois de quarenta anos de encantamentos e estudos, de vidência obtida por meio de areia e fumaça, ele havia descoberto a lâmpada mágica, cuja posse haveria de torná-lo o governante mais poderoso de todo o Universo. Uma adivinhação recente revelara que a lâmpada estava enterrada no meio da China. Convicto da veracidade da revelação, ele se deslocara dos confins da África, e ao cabo de uma viagem exaustiva tinha chegado à cidade mais próxima ao tesouro.

No entanto, ainda que o mago houvesse descoberto o paradeiro da lâmpada, não lhe era permitido removê-la, tampouco entrar na câmara subterrânea. Outro indivíduo teria de ir em seu lugar, pegar a lâmpada e trazê-la. Para tal propósito, escolhera Aladim, que lhe parecia um jovem inconsequente; tão logo tivesse a posse da lâmpada, o mago haveria de praticar o feitiço ao qual já me referi e sacrificar o pobre ingênuo, de modo que não houvesse testemunha de sua ganância. Ao bater-lhe no rosto e a ele se impor, o mago pretendia incutir em Aladim uma atitude de temor e submissão, de maneira que, ao exigir que Aladim lhe entregasse a lâmpada, o jovem obedecesse prontamente. Mas ocorreu o contrário. Por fim, o mago traiu Aladim antes mesmo do momento em que pretendia fazê-lo, receando que, se discutissem por mais tempo, alguém pudesse ouvi-los e descobrir o que ele pretendia esconder.

Quando viu suas grandes esperanças frustradas, o mago não teve escolha senão retornar à terra natal, o que fez naquele mesmo dia. Seguiu por um caminho alternativo, no intuito de evitar a cidade da qual havia partido em companhia de Aladim, pois temia ser visto regressando sem o menino.

O incidente deveria ter marcado o fim de qualquer referência a Aladim. Mas o homem que acreditava ter varrido o jovem da face da terra tinha, também, propiciado a ele um meio de escapar. Com efeito, o anel seria a salvação de Aladim, sendo incrível que sua perda, somada à perda da lâmpada, não tivesse levado o mago ao desespero. Ocorre que magos estão tão habituados a reveses e decepções que jamais desistem de sua dieta de sonhos, fumaça e visões.

O escravo do anel

Quando se viu enterrado vivo, Aladim chamou mil vezes pelo tio, prometendo entregar-lhe a lâmpada, mas já não podia ser ouvido, e lá ficou ele, na escuridão. Finalmente, depois de verter umas tantas lágrimas, desceu ao fundo da câmara com o objetivo de procurar alguma luz no pomar que acabara de atravessar. Porém, a porta de acesso ao pomar, que por magia tinha sido aberta, por magia fora fechada. Ele tateou a área diante de si, à direita e à esquerda, mas a porta havia desaparecido; as lágrimas voltaram, ele sentou-se no degrau e perdeu a esperança de um dia rever a luz. Dentro de pouco tempo, pensou, haveria de se livrar daquelas trevas, ingressando nas sombras da morte.

Aladim ficou dois dias nesse estado, sem comer ou beber. No terceiro dia, refletindo sobre a morte inescapável, entregou-se a Deus e, unindo as mãos em prece, disse:

– Não há força e poder exceto em Deus!

Enquanto juntava as mãos, ele esfregou, inadvertidamente, o anel que o mago pusera em seu dedo e cujos poderes ainda desconhecia. No mesmo instante, um gênio enorme, com olhar enfurecido, surgiu da terra, preenchendo todo o espaço da câmara, e disse a Aladim as seguintes palavras:

– Qual é a vossa ordem? Estou aqui para vos obedecer como vosso escravo, escravo de todos os que possuem este anel, eu e os demais escravos do anel.

Aladim poderia ter ficado mudo diante da visão, mas, preocupado com o perigo que corria, respondeu sem hesitar:

– Seja lá quem você for, me tire daqui, se tiver poderes para isso.

De súbito, a terra se abriu e ele se viu do lado de fora, exatamente no local onde o mago o deixara. Aladim, que tanto tempo passara no escuro, sofreu para encarar a luz do dia. Quando seus olhos se adaptaram à claridade, ficou perplexo ao não ver qualquer abertura no solo, e não conseguia compreender como tinha sido repentinamente ejetado das entranhas da terra. Somente pelos vestígios dos gravetos queimados era possível identificar o local onde ficava a câmara.

Virando-se em direção à cidade, Aladim avistou-a ao longe através dos jardins externos, encontrou o caminho que ele e o tio haviam trilhado e regressou, agradecendo a Deus ao longo de todo o percurso por devolvê-lo ao mundo que ele já considerava perdido para sempre. Chegou à cidade e, embora cambaleante, conseguiu voltar para casa, mas a alegria de rever a mãe somou-se aos efeitos do jejum, e ele desmaiou.

A mãe, que já havia chorado sua morte, fez o que pôde para reanimá-lo. Quando finalmente Aladim voltou a si, disse que havia passado fome durante três dias, e a mãe serviu-lhe o que tinha dentro de casa, aconselhando-o a não comer sofregamente, pois isso poderia fazer mal.

Aladim seguiu o conselho da mãe: comeu devagar e bebeu comedidamente, e, quando terminou, disse:

– Mãe, eu até podia criticar a senhora por ter me abandonado com tanta facilidade nas mãos de um homem que queria me destruir e está tão certo de ter conseguido que, neste momento, deve achar que já perdi a vida, ou que vou perdê-la amanhã cedo. Mas a senhora acreditou que ele era meu tio, e eu não tinha motivos para duvidar. O que mais a gente poderia pensar de um sujeito que me encheu de presentes e promessas? Mas a senhora precisa saber, mãe, que ele não passa de um traidor e um desgraçado. As gentilezas dele eram apenas um jeito de se livrar de mim sem despertar a nossa desconfiança. Posso garantir à senhora que não fiz nada que desse a ele o menor motivo para me maltratar. A senhora vai concordar comigo quando eu contar tudo o que sofri desde que a gente se despediu.

Aladim relatou à mãe o que transcorrera desde a sexta-feira anterior, quando o mago o levara consigo para visitar palácios e jardins nos arredores da cidade, e tudo o que aconteceu ao longo do caminho, até eles alcançarem o local entre as montanhas onde o mago levaria a cabo sua ação; contou que, com um pingo de óleo lançado ao fogo e um feitiço murmurado, a terra se abriu e revelou uma câmara que dava acesso a um tesouro incalculável. Fez questão de mencionar o tapa que levara do mago, que, amansando um pouco, conseguiu convencê-lo, com promessas e um anel no dedo, a entrar na câmara. Aladim foi detalhista ao relatar tudo o que tinha visto ao transitar pelos três salões, mencionando o pomar e o nicho onde encontrara a lâmpada mágica.

E mostrou à mãe a lâmpada e as frutas que havia colhido no pomar. Os frutos eram pedras preciosas, que brilhavam feito o Sol, mesmo no interior da sala iluminada, mas o conhecimento da mãe de Aladim acerca daquelas coisas não era maior do que o do filho. Ela havia crescido na pobreza e jamais possuíra joias, nem convivera com amigas que as usassem; portanto, não surpreende o fato de ela não perceber grande utilidade nas joias, além da satisfação que propiciavam aos olhos, com suas cores diversas.

Aladim concluiu o relato contando que, ao retornar à entrada da câmara, e já pronto para sair, recusou-se a entregar a lâmpada ao tio e a câmara fechou-se subitamente, pelos poderes do óleo que o mago lançara ao fogo (e que cuidara para manter aceso) e pela força das palavras por ele pronunciadas. Mas Aladim não foi capaz de prosseguir sem se comover: às lágrimas, descreveu o desespero que sentiu, desde o momento em que se viu enterrado vivo até ser devolvido ao mundo graças ao anel.

– A senhora já sabe do resto – ele disse. – Essas foram as minhas aventuras e os perigos que enfrentei desde a última vez que a senhora me viu.

A mãe de Aladim ouviu atentamente a história impressionante, sem interromper o filho. Contudo, nos momentos em que a traição do mago ficava mais evidente, ela não conseguia se conter e verbalizava sua indignação; assim que Aladim terminou o relato, a mãe lançou mil maldições contra o impostor, chamando-o de traidor, desgraçado, selvagem, assassino, trapaceiro, feiticeiro e inimigo da espécie humana.

– Sim, meu filho, um feiticeiro. Gente que lida com feitiço, o ofício do diabo. Louvado seja Deus, que não permitiu que a crueldade do mago acabasse contigo! Você deve agradecer muito a Ele por essa graça. Você não estaria vivo agora se não tivesse se lembrado Dele e implorado Sua ajuda.

A mãe disse muito mais, sem se distanciar do ódio que sentia pelo mago, mas, enquanto falava, percebeu que Aladim, insone havia três noites, precisava descansar.

Então, levou-o até a cama e pouco depois também foi se deitar.

O escravo da lâmpada

Aladim, que não tivera um minuto de descanso em sua prisão subterrânea, dormiu um sono profundo e só se levantou tarde. Quando acordou, pediu algo para comer.

– Ai de mim – disse a mãe –, não tenho nem um pedaço de pão para te dar. Mas ainda tenho um pouco de fio de algodão, que posso vender e comprar alguma coisa para o nosso almoço.

– Não gaste o seu algodão – respondeu Aladim –, e vá buscar a lâmpada que eu entreguei para a senhora ontem. Eu posso vender a lâmpada. A venda vai nos garantir uma refeição matinal, um almoço e, quem sabe, até uma ceia também.

A mãe de Aladim foi buscar a lâmpada. Como a lâmpada estava muito suja, ela pegou um pouco de água e areia para limpá-la; porém, mal começara a esfregá-la, um gênio medonho e gigantesco surgiu diante dela e esbravejou:

– Qual é a vossa ordem? Estou aqui para vos obedecer como vosso escravo, escravo de todos os que possuem esta lâmpada, eu e os demais escravos da lâmpada.

A mãe de Aladim não teve condições de responder. Desmaiou assim que viu o gênio, mas Aladim não perdeu tempo; agarrou a lâmpada e, falando por sua mãe, disse:

– Estou com fome. Me dê algo para comer!

O gênio voltou no instante seguinte trazendo na cabeça uma bandeja enorme, sobre a qual havia doze travessas de prata contendo carnes finas, seis pães e duas garrafas de um vinho sofisticado. Em cada mão ele trazia uma taça de prata. Após deixar tudo sobre o sofá, ele desapareceu.

Quando recuperou os sentidos, a mãe de Aladim ficou abismada com o banquete que viu diante de si.

– A quem devemos agradecer por essa fartura? – ela indagou. – Será que o sultão ouviu falar da nossa pobreza e teve pena da gente?

– Mãe – respondeu Aladim –, vamos comer.

Durante a refeição, a mãe de Aladim não se cansava de admirar a bandeja e as travessas, embora não soubesse dizer se eram feitas de prata ou algum outro material. Na verdade, por ignorar o valor dos objetos, nada além da surpresa da aparição lhe causava espanto, e o filho tampouco sabia o quanto aquilo tudo era precioso.

Era meio-dia quando sentaram para comer, e só levantaram quando anoiteceu. Uma vez que os pratos eram quentes, resolveram aproveitar e emendar café da manhã, almoço e jantar. Quando acabaram a longa refeição, Aladim contou à mãe sobre o gênio.

– Em todos esses meus anos na terra – ela disse –, nunca ouvi falar de alguém ter visto um gênio. Como é que esse espírito foi aparecer para mim, pois se foi para você que ele apareceu lá na câmara?

– O gênio que apareceu para a senhora – disse Aladim – não foi o mesmo que apareceu para mim. Eles são parecidos em tamanho, mas o jeito e os trajes deles são completamente diferentes: na verdade, eles pertencem a senhores diferentes. Se a senhora se lembra, aquele que eu vi se dizia escravo deste anel que está no meu dedo, enquanto o que a senhora viu disse que era escravo da lâmpada. Mas acho que a senhora nem chegou a ouvir o que ele falou, pois desmaiou assim que ele abriu a boca.

– Você está querendo dizer – ela falou – que o gênio tem a ver com a tua lâmpada? Tire ela da minha frente; não quero me meter com ela. Eu te imploro que venda esse anel também. É proibido se envolver com gênios: são demônios. Foi o nosso profeta que falou isso.

– Depois de tudo que a lâmpada nos deu – retorquiu Aladim –, não vou querer vendê-la por enquanto. Meu tio perverso desejava essa lâmpada mais que todo o ouro e toda a prata que ele sabia existir naqueles salões. Ele conhecia muito bem o poder da lâmpada, e por isso não queria nada mais daquela câmara. Já que a sorte nos mostrou as virtudes da lâmpada, vamos tirar proveito, mas sem fazer alarde para não despertarmos a inveja dos vizinhos. Quanto ao anel, eu peço que a senhora me deixe ficar com ele e usá-lo sempre no dedo. Sem ele, a senhora nunca mais ia me ver. Quem sabe quando outro perigo pode surgir, e eu precisar que ele me salve?

A mãe não podia se opor, e deixou-o agir como quisesse.

Na noite seguinte, depois do jantar, nada restava da boa comida que o gênio trouxera. De manhã, antes que a fome atacasse, Aladim enfiou embaixo da capa uma das travessas de prata e saiu para vendê-la. A caminho do mercado, encontrou um comerciante judeu, a quem exibiu a travessa e perguntou se desejava comprá-la. O comerciante, vendo que se tratava de prata de qualidade, perguntou-lhe o valor. Aladim, que não fazia ideia do preço e jamais negociara com aquele tipo de mercadoria, respondeu simplesmente que tinha plena consciência do valor da travessa e confiava na boa-fé do homem. Instigado pela ingenuidade do jovem, o comerciante tirou do alforje uma moeda de ouro que valia, no máximo, um décimo do valor da travessa e ofereceu-a ao rapaz. Aladim agarrou a moeda e saiu correndo tão prontamente que o comerciante, insatisfeito com o lucro que acabara de ganhar, praguejou por não ter percebido que Aladim desconhecia o valor do item e teria aceito um pagamento ainda menor. O comerciante pensou em sair correndo atrás de Aladim e tentar recuperar um pouco do dinheiro já pago, mas o jovem era ligeiro e já ia longe demais.

Mãe e filho sobreviveram à custa da moeda durante alguns dias e, sempre que o dinheiro acabava, Aladim vendia outra travessa ao comerciante, até que as doze foram vendidas. O comerciante, que tinha pago uma moeda de ouro pela primeira, não pôde oferecer menos pelas demais, com receio de perder o bom negócio. Quando já não havia travessa de prata, Aladim vendeu a bandeja, que pesava dez vezes mais do que qualquer travessa. Pretendia mostrá-la a outro comerciante, mas o peso impediu-o de fazê-lo e ele foi obrigado a procurar o mesmo comprador de sempre, que lhe pagou dez moedas de ouro.

Enquanto duraram, as dez moedas de ouro foram gastas com despesas relacionadas à manutenção da casa. Aladim, antes acostumado com uma vida ociosa, renunciara à companhia dos outros meninos desde a aventura com o mago. Agora, passava os dias caminhando e conversando com pessoas que encontrava. Às vezes, detinha-se nos bazares dos comerciantes, onde gostava de ficar ouvindo os debates, o que com o passar do tempo proporcionou-lhe algum conhecimento sobre o mundo.

Quando nada mais restava das dez moedas de ouro, Aladim recorreu à lâmpada, e o gênio trouxe-lhes outro banquete. Acabada a refeição, ainda sobrou o suficiente para eles viverem bem por mais dois dias.

Quando não restava mais nem comida nem dinheiro, Aladim pegou uma travessa de prata e saiu em busca do comerciante, a fim de vendê-la. No caminho, passou diante da oficina de um velho joalheiro conhecido por sua honestidade. O joalheiro avistou-o e o convidou a entrar.

– Meu filho – ele disse –, eu já te vi passar por aqui muitas vezes, sempre carregando alguma coisa, como agora, sempre indo encontrar o mesmo comerciante e sempre voltando de mãos vazias. Não resta dúvida de que você vende suas mercadorias para ele. Mas talvez você não saiba que esse comerciante é desonesto, e que quem o conhece não negocia com ele. Se quiser me mostrar o que está vendendo, eu pago o preço justo.

Aladim retirou a travessa de baixo da capa. O velho, vendo que o objeto era fabricado de prata de qualidade, perguntou se ele havia vendido outras travessas ao negociante e quanto o homem havia pago por elas. Aladim confessou que tinha vendido doze e que o comerciante tinha pago apenas uma moeda de ouro por cada peça.

– Ah, que ladrão! – exclamou o joalheiro. – Não adianta lamentar agora. Mas quando souber o valor das travessas, você vai ver que o comerciante te enganou.

O joalheiro pegou uma balança e pesou a travessa, e disse que o objeto valia setenta e duas moedas de ouro, e procedeu, imediatamente, a separar o montante correspondente.

– Esse – ele disse – é o verdadeiro valor da sua travessa. Se não acredita em mim, pode perguntar para qualquer outro joalheiro; se alguém disser que vale mais, eu dobro a minha oferta.

Aladim agradeceu ao joalheiro enfaticamente e a partir de então sempre o procurava quando pretendia vender travessas, pelas quais sempre recebia o valor justo. Embora a lâmpada propiciasse a Aladim e sua mãe recursos inesgotáveis, ambos viviam modestamente, e assim continuaram por muitos anos.

Enquanto isso, Aladim concluiu sua formação, visitando os bazares dos comerciantes mais bem-sucedidos e participando de seus debates; aos poucos, foi adquirindo os hábitos da elite. Na companhia de joalheiros, aprendeu que os frutos que havia colhido naquele pomar, que julgava serem vidros coloridos, eram na realidade pedras preciosas. Observando a venda e a compra de pedras nos bazares, aprendeu a valorizá-las e, não encontrando pedras que se comparassem às suas, fosse em beleza ou tamanho, percebeu que possuía uma fortuna incalculável. Teve a prudência de não dizer nada a ninguém, nem mesmo à própria mãe, e não resta dúvida de que tal silêncio foi decisivo para a imensa riqueza que viria a acumular.

A FILHA DO SULTÃO

UM BELO DIA, enquanto caminhava pela cidade, Aladim ouviu uma proclamação expedida pelo sultão: todas as casas e todos os bazares deveriam fechar suas portas, e todos deveriam permanecer dentro de casa até que a princesa Badr al-Budur, a Lua das Luas, filha do sultão, fosse ao balneário e de lá regressasse. Aladim foi tomado pelo desejo de ver o rosto da jovem, mas não adiantava espiar pela janela de alguma casa próxima ao balneário, pois sabia que a princesa estaria usando um véu. Então, escondeu-se detrás da porta do balneário. Através de uma fresta, viu a princesa chegar, cercada por um séquito de aias e eunucos. Quando estava a três ou quatro passos da porta do balneário, ela retirou o véu.

Até aquele momento, Aladim nunca tinha visto uma mulher sem véu, exceto sua mãe, que já era idosa e cujos traços faciais bastante comuns impediam-no de supor que outras mulheres tivessem aspecto diferente. É possível que ele tivesse ouvido falar sobre mulheres belas, mas, a despeito de quaisquer palavras usadas para descrever a beleza, nada produz o mesmo efeito que a constatação da beleza em si.

Quando avistou a princesa Badr al-Budur, Aladim imediatamente descartou a noção de que todas as mulheres seriam mais ou menos parecidas com sua mãe. A princesa era a mulher mais formosa que ele tinha visto na vida: seus cabelos eram castanhos, os olhos eram grandes e cintilantes, embora o olhar fosse meigo e recatado; o nariz era perfeito, a boca delicada, os lábios graciosos e vermelhos, e os traços faciais compunham uma sinfonia. Aladim ficou atordoado diante daquela maravilha tão harmoniosa. Além disso, ela era alta e tinha um porte magnífico, que inspirava respeito em todos que a vissem.

A princesa entrou no balneário, e Aladim ficou onde estava por alguns instantes, extasiado, relembrando e imprimindo na lembrança a figura que lhe encantara o coração. Por fim, voltou a si e, considerando ser inútil aguardar até que a princesa saísse, pois ela estaria de costas e seu rosto coberto, resolveu desistir da espera e voltar para casa.

Não conseguiu esconder da mãe o estado de agitação em que se encontrava. Ela perguntou se ele estava se sentindo mal, mas Aladim não disse nada e desabou sobre o sofá, onde ficou prostrado, relembrando a imagem adorável da princesa. A mãe, ocupada no preparo do jantar, não lhe fez mais perguntas. Quando a refeição ficou pronta, ela o serviu no próprio sofá e sentou à mesa; vendo que o filho não tocava na comida, insistiu que ele comesse, mas foi à custa de enorme esforço que ele sentou para se alimentar. Comeu muito menos do que de costume, mantendo-se cabisbaixo e tão imerso em seus pensamentos que a mãe não conseguiu arrancar dele uma palavra sequer. Depois da ceia ela voltou a fazer perguntas, mas Aladim preferiu se retirar para dormir em vez de satisfazer a curiosidade materna.

Para não nos determos na descrição de como Aladim, extasiado pela formosura da princesa, passou a noite, vamos tão somente observar que no dia seguinte, sentado no sofá diante da mãe, que fiava algodão como de hábito, ele disse:

– Mãe, vou quebrar o silêncio que mantive desde que voltei da cidade ontem, pois sei que magoei a senhora. Eu não estava me sentindo mal, como a senhora achou, e não estou me sentindo mal agora. Mas não sei explicar para a senhora o que estou sentindo. É pior do que um mal-estar. É uma sensação estranha, mas talvez a senhora entenda depois de ouvir o que eu vou contar.

"Não sei se a senhora ouviu falar", continuou ele, "mas ontem foi anunciado que a princesa Badr al-Budur, a filha do sultão, iria ao balneário depois do almoço. Eu fiquei sabendo da notícia durante minha caminhada pela cidade. Foi proclamada uma ordem para que todos os bazares fossem fechados e que a população ficasse dentro de casa, em respeito à princesa, para que ela pudesse transitar pelas ruas livremente. Como eu não estava longe, a curiosidade de ver a princesa sem véu fez com que eu me escondesse detrás da porta do balneário, pensando que ela removeria o véu no momento em que fosse entrar. Se a senhora se lembra da posição da porta, sabe que eu teria plenas condições de ver muito bem a princesa. De fato, ao entrar ela retirou o véu, e eu tive o prazer de ver a princesa, absolutamente encantadora. Foi essa, mãe, a razão daquele estado em que a senhora me viu ontem e o motivo do meu silêncio. Estou apaixonado pela princesa, com uma intensidade que mal posso expressar. Já que a minha paixão arde mais e mais a cada instante, não me resta outra satisfação a não ser conquistar a princesa. Por isso, decidi que vou pedir a mão dela ao sultão."

A mãe de Aladim ouviu atentamente o relato do filho, porém, diante dessas palavras finais, não conseguiu conter uma gargalhada. Aladim queria prosseguir, mas ela o interrompeu:

– Meu filho, o que está se passando na sua cabeça? Você deve ter ficado louco, para falar desse jeito.

– Posso garantir à senhora que não fiquei – respondeu Aladim. – Na verdade, nunca pensei com tanta clareza. Eu previ as suas acusações de loucura e leviandade, mas nada disso vai me deter. Já resolvi, e vou pedir ao sultão a mão da filha.

– Estou dizendo – disse a mãe, com toda a seriedade – que você não está bom da cabeça. Mesmo que você quisesse levar adiante a sua decisão, não posso imaginar quem haveria de levar o pedido ao sultão.

– A senhora, é claro – disse Aladim, sem titubear.

– Eu! – gritou a mãe. – Ir até o sultão! E quem é você, que se atreve a cobiçar a filha do seu sultão? Você já esqueceu que é filho de um dos alfaiates mais modestos desta cidade e de uma mãe cujos ancestrais nada têm de ilustre? Você não sabe que sultões hesitam em entregar as filhas até para os filhos de outros sultões?

– Eu disse que já tinha previsto as suas objeções – falou Aladim –, e outras que a senhora ainda apresentar. A sua desaprovação não vai me abalar. Não me negue esse favor, a menos que a senhora prefira me ver morrer em vez de me fazer voltar à vida.

Assustada por constatar a teimosia com que o filho se agarrava àquela ideia tão insensata, a mãe fez nova tentativa.

– Eu sou sua mãe – ela disse –, e não há nada, nos limites da sensatez, que eu não faria pelo seu amor. Se estivéssemos falando do seu casamento com a filha de algum vizinho, cuja condição social fosse parecida com a nossa, eu faria tudo o que estivesse ao meu alcance para te ajudar, ainda que antes você precisasse obter alguma fonte de renda ou aprender um ofício. Mas aí está você, ignorando as suas origens, querendo ir além da sua condição, contemplando ninguém menos do que a filha do seu soberano, de quem uma só palavra bastaria para te humilhar e acabar contigo. Mas o seu destino só a ti pertence, e a decisão é sua.

"Quanto a mim... mesmo que eu tivesse a ousadia de aparecer diante de Sua Majestade com um pedido absurdo como esse, a quem devo me apresentar? Você não acha que a primeira pessoa com quem eu falasse haveria de me chamar de louca e me enxotar? Mesmo que eu não tivesse dificuldade em me aproximar do sultão, pois sei que ele não hesita em receber os súditos aflitos e a eles oferecer a justiça que buscam. Assim como sei que com os que o procuram buscando perdão e demonstrando dignidade ele é misericordioso.

"Mas será que você é um desses indivíduos? Você se acha digno do favor que pretende pedir? O que você já fez pelo seu soberano e pelo seu país? Como foi que você se destacou? Se você não fez nada para merecer tal favor, se não é digno de tal favor, como eu posso fazer tal pedido? Como eu posso sequer abrir a boca para apresentar essa ideia ao sultão? A presença de Sua Majestade e o brilho da corte haveriam de selar os meus lábios, ainda mais eu, que tremia diante do seu pai todas as vezes que precisava pedir alguma coisa para ele.

"E tem outro motivo, meu filho, no qual você não pensou: você não pode se apresentar diante do sultão de mãos vazias. Um presente garante que, caso o favor seja negado, o sultão ao menos ouve a pessoa. Mas que presente você poderia levar? E mesmo que encontrasse alguma coisa que merecesse um momento da atenção do seu soberano, imagine o disparate que haveria entre o presente e o seu pedido! Pense bem, e veja que o seu desejo é impossível."

Aladim ouviu calmamente tudo o que a mãe disse no intuito de detê-lo em sua intenção e, tendo considerado cada objeção, disse:

– Eu reconheço, mãe, que é um atrevimento da minha parte. A senhora diz que não se deve aparecer diante do sultão de mãos vazias e que eu não tenho nada que seja digno dele. Confesso que a senhora tem razão quanto ao presente; eu não tinha pensado nisso. Mas quando diz que eu não tenho o que oferecer, a senhora não acha que aquilo que eu trouxe para casa depois daquela noite em que quase morri seria um belo presente para o sultão? Ao contrário do que a gente imaginava, aquelas coisas que encheram o meu alforje e o meu cinto não são vidros coloridos: são pedras preciosas, dignas de grandes monarcas. Fiquei sabendo do valor delas nas oficinas dos joalheiros, mas nenhuma das pedras que vi por lá se comparam com as nossas e ainda assim são vendidas por preços exorbitantes. Seja qual for o valor, tenho certeza de que o sultão não deixará de recebê-las com prazer. Vá buscar o seu pote de porcelana, e vamos ver o efeito de todas aquelas cores juntas.

A mãe de Aladim pegou o pote, e o filho retirou as pedras preciosas do alforje e as depositou dentro da porcelana. Mãe e filho ficaram extasiados diante de tamanho brilho, pois só tinham visto as pedras à luz da lamparina. É verdade que Aladim as tinha visto nas árvores, reluzindo qual frutas, mas, sendo apenas um rapazola, acreditara que as pedras não passassem de brinquedos e as colhera sem qualquer pretensão.

– Mãe – disse Aladim –, a senhora já não pode mais se negar a ir até o sultão porque não tem o que oferecer. Esse presente, eu acredito, vai garantir à senhora uma recepção das melhores.

Então, a mãe, por amor ao filho e por receio de que ele tomasse alguma atitude extrema, deixou de lado a resistência e cedeu.

Sendo tarde e passada a hora de ir ao palácio, a questão foi adiada até a manhã seguinte. Mãe e filho não falaram de outro assunto durante o resto do dia, e Aladim cuidou de dizer à mãe tudo o que pudesse fortalecer sua decisão de ajudá-lo. Contudo, a despeito de todas as razões apresentadas, ela não se convencia de que a iniciativa resultasse em sucesso, e é preciso reconhecer que a mãe tinha plenos motivos para duvidar.

– Mesmo – ela disse – que o sultão me receba tão bem como a gente espera, e que ouça calmamente a minha proposta, e que, depois da boa acolhida, me pergunte sobre a sua fortuna e as suas terras... o que você quer que eu diga?

– Mãe – respondeu Aladim –, não vamos nos preocupar agora com uma coisa que talvez nem aconteça. Vamos primeiro ver como o sultão vai receber a senhora, e como ele vai responder. Eu vou pensar numa resposta boa, caso ele faça perguntas desse tipo. Estou confiante que a lâmpada, que tem sido o nosso sustento todos esses anos, não vai me falhar quando eu mais precisar dela.

Diante do sultão

Aladim e sua mãe foram se deitar, mas a intensidade da paixão e os sonhos de fortuna infinita ocuparam a mente do filho e o impediram de dormir o sono tranquilo que ele desejava. Ele se levantou antes da alvorada, foi despertar a mãe e pediu-lhe que se vestisse o mais rapidamente possível, para estar diante do portão quando o palácio abrisse as portas.

A mãe de Aladim pegou o pote de porcelana cheio de pedras preciosas, embrulhado em um lenço, e levou-o consigo até o palácio. O grão-vizir e os anciãos do conselho tinham acabado de entrar quando ela chegou ao portão. Ela se juntou à multidão que buscava audiência e caminhou até a sala do conselho. Era um salão esplêndido, largo e comprido, com uma entrada magnífica. Posicionou-se diante do sultão. Os solicitantes foram chamados, um por um, e seus pleitos foram debatidos, defendidos e concluídos, até que a sessão chegou ao fim. Então, o sultão levantou-se, dispensou o conselho e voltou aos seus aposentos, seguido pelo grão-vizir e demais ministros. Todos os que haviam se reunido a fim de apresentar seus pedidos deixaram o salão, alguns satisfeitos com a decisão final, outros decepcionados com o julgamento desfavorável, outros ainda esperançosos de serem ouvidos em uma sessão futura.

A mãe de Aladim concluiu que o sultão não mais apareceria naquela ocasião e voltou para casa. O filho, vendo-a regressar com o presente, nem se atreveu a perguntar sobre a visita. A mãe, que jamais pisara no palácio do sultão e não fazia a menor ideia acerca dos protocolos ali observados, falou inocentemente:

– Eu vi o sultão – ela disse –, e tenho certeza de que ele me viu também. Eu estava bem na frente dele e não tinha ninguém entre nós dois. Mas o sultão estava preocupado com os outros súditos, e fiquei comovida ao ver como ele prestava atenção em todos. A sessão demorou tanto que eu acho que ele ficou entediado, pois de repente se levantou e foi embora, sem ouvir os pedidos de muita gente que ainda esperava. Mesmo assim, senti uma grande satisfação em vê-lo, embora eu também começasse a ficar impaciente com aquela espera toda. Vou voltar lá amanhã. Talvez o sultão não esteja tão ocupado.

Apaixonado como estava, Aladim não tinha alternativa senão aceitar a explicação oferecida pela mãe e aguardar. Ao menos, sentia-se satisfeito porque ela conseguira realizar o feito mais difícil – atrair o olhar do sultão –, e tinha esperança de que, por ter visto outras pessoas se dirigindo ao soberano, ela haveria de criar coragem para agir no momento adequado.

Na manhã seguinte, a mãe retornou ao palácio, mas encontrou o salão fechado e foi informada de que o conselho só se reunia uma vez a cada dois dias. A mãe levou a notícia ao filho, que foi obrigado a renovar sua paciência. Ela voltou outras seis vezes, em dias de sessão, e teria voltado outras cem, igualmente sem qualquer resultado, se o sultão, que notara a presença da mulher em cada audiência, não tivesse se lembrado dela.

Um dia o sultão disse ao grão-vizir:

– Já faz algum tempo que eu noto a presença de uma mulher que comparece a todas as reuniões do conselho, sempre trazendo uma trouxa de pano. Ela permanece até o final da audiência e sempre cuida para se posicionar bem diante de mim. Você sabe o que ela quer?

O grão-vizir, embora não soubesse mais do que o sultão, percebeu que deveria dizer algo, e respondeu:

– Vossa Majestade bem sabe que as mulheres costumam se queixar sem o menor motivo. Aquela mulher provavelmente veio reclamar da farinha de má qualidade que lhe venderam, ou de qualquer outra questão sem importância.

O sultão não se satisfez com essa resposta.

– Chame-a da próxima vez – ele disse –, e vamos ouvi-la.

A única reação do vizir foi beijar a própria mão e erguê-la acima da cabeça, indicando que estava pronto para ser decapitado se deixasse de obedecer.

Na sessão seguinte, a mãe de Aladim foi chamada. Ela acompanhou o cortesão encarregado do cerimonial até o trono do sultão e, seguindo o exemplo dos demais, ajoelhou-se e encostou a fronte no tapete até que o sultão a mandasse se levantar.

– Boa mulher – ele disse –, eu já a vi diversas vezes nessas sessões, permanecendo diante de mim do começo ao fim. O que a traz aqui?

– Rei dos reis – disse ela –, antes de revelar o motivo da minha presença diante do vosso trono, eu vos peço perdão pelo atrevimento da pergunta que vim fazer. Trata-se de uma pergunta tão fora do comum que eu estremeço de vergonha só de pensar em fazê-la ao meu sultão.

O sultão dispensou todos, exceto o grão-vizir, e disse que ela poderia falar sem receio.

Depois de tomar todas as precauções que sua delicada missão exigia, a mãe de Aladim contou ao sultão que o filho tinha visto a princesa Badr al-Budur, que o encontro havia provocado nele uma paixão irresistível, que ele confessara seu amor pela princesa e que ela, a mãe, fizera o possível para demovê-lo daquele apego extravagante, "tão insolente para com Vossa Majestade", ela disse, "como para com a princesa.

Mas ele insistiu, e até ameaçou cometer alguma loucura, se eu não viesse pedir a Vossa Majestade a mão da princesa. Depois de uma hesitação sofrida, aceitei vir. Agora, eu vos imploro que perdoeis não apenas a mim, mas ao meu filho, Aladim".

O sultão ouviu a mulher com grande amabilidade, sem demonstrar o menor sinal de indignação ou desdém, e perguntou o que ela trazia na trouxa. Ela desembrulhou o presente e dispôs as joias ao pé do trono.

Ninguém poderá descrever a surpresa do sultão quando viu tantas pedras preciosas reunidas naquele pote, pois eram maiores, mais brilhantes, mais valiosas e mais perfeitas que quaisquer outras que ele tinha visto na vida. Por alguns instantes, ele ficou tão abismado que não conseguiu se mover. Quando se recompôs, pegou o presente das mãos da mãe de Aladim e exclamou, alegremente:

– Que pedras lindas! Que preciosidade!

Depois de manusear e admirar quase cada uma das pedras, e reparando no que as distinguia umas das outras, ele virou-se para o grão-vizir e disse:

– Veja essas pedras, e diga-me se existe na terra algo mais precioso. Este presente não é digno de minha filha? Não devo concedê-la a alguém que a valorize tanto assim?

Tais palavras deixaram o grão-vizir profundamente perturbado. Algum tempo antes, o sultão insinuara que desejava entregar a mão da filha a um dos filhos do vizir. Agora, o vizir temia que o esplendor daquele presente fizesse o soberano mudar de opinião.

– Ninguém pode negar – ele disse – que esse presente é digno da princesa. Mas eu suplico a Vossa Majestade que me conceda três meses antes de tomar uma decisão. Espero que nesse tempo meu filho possa vos oferecer um presente mais precioso do que o de Aladim.

O sultão, embora convencido de que o grão-vizir jamais conseguiria obter para o filho um presente que se equiparasse àquele, atendeu ao pedido e disse à mãe de Aladim que consentia com o casamento, e que ela deveria retornar ao cabo de três meses.

A mãe de Aladim, que julgava ser impossível uma audiência com o sultão, voltou para casa muito feliz. Quando viu a mãe entrar, mais cedo do que de hábito e com olhos sorridentes, Aladim perguntou se poderia agora viver com esperança.

– Meu filho – disse ela –, pode pôr um ponto-final na sua agonia. Longe de pensar em morte, só há motivo para alegria.

Ela, então, relatou que tinha sido ouvida antes de qualquer outra pessoa, falou das precauções que tomara antes de apresentar o pedido ao sultão e da resposta favorável que ele tinha dado. Acrescentou que, até onde ela era capaz de julgar, o presente impressionara o sultão e o levara à aprovação.

– Fiquei surpresa – ela disse –, pois o grão-vizir cochichou alguma coisa no ouvido dele, pouco antes de ele me responder, e fiquei com medo de que o vizir o fizesse mudar de intenção.

Aladim, mais que contente, resolveu proceder com paciência e passou a contar as horas e os dias que o separavam de sua amada.

Dois meses tinham se passado quando a mãe do jovem, indo certa noite ao centro da cidade para comprar óleo, encontrou toda a gente feliz e os bazares iluminados. As ruas estavam repletas de oficiais do palácio, envergando uniformes de gala, montados em cavalos belamente ornamentados e cercados por multidões de lacaios indo e vindo. Ela perguntou ao vendedor de óleo o que estava acontecendo.

– Por onde andava, minha boa senhora? – ele disse. – A senhora não sabe que o filho do grão-vizir se casa com a princesa hoje à noite? Ela está prestes a sair do balneário, e os oficiais que a senhora vê espalhados por aí vão escoltá-la de volta ao palácio, para a cerimônia.

A mãe de Aladim correu de volta para casa. O filho não estava preparado para receber a notícia terrível que ela trazia.

– Tudo perdido! – ela gritou. – Você tinha esperança de ficar com a bela filha do sultão, mas não era para ser assim.

– Como pôde o sultão quebrar sua promessa? – disse Aladim. – Como a senhora sabe disso?

– Hoje à noite – respondeu a mãe –, o filho do grão-vizir vai se casar com a princesa Badr al-Budur, no palácio.

Ela fez o relato, apresentando tantos detalhes que não havia espaço para dúvidas.

Qualquer outro homem teria perdido as esperanças, mas um ciúme discreto impediu o desespero de Aladim. Sem pronunciar uma palavra sequer contra o sultão, o vizir ou seu filho, ele disse simplesmente:

– Mãe, eu acho que o filho do grão-vizir não vai ter hoje uma noite tão feliz como espera.

Ele foi até seu quarto, pegou a lâmpada mágica ali escondida da mãe e esfregou-a no mesmo ponto em que a mãe havia esfregado antes. Imediatamente, o gênio apareceu diante dele.

– Qual é a vossa ordem?

– O sultão quebrou a promessa que me fez e vai entregar a mão da princesa para outro homem. Eu te ordeno que me traga a noiva e o noivo esta noite.

– Como desejais, senhor – disse o gênio.

Aladim voltou para o lado da mãe e comeu, com a calma de sempre. Depois falou um pouco sobre o casamento da princesa, como se o assunto não mais o interessasse. Em seguida, voltou ao quarto e, enquanto a mãe foi dormir, ficou acordado esperando que o gênio realizasse seu trabalho.

Bodas interrompidas

Enquanto isso, no palácio, a festança seguia noite adentro. Finalmente, o filho do grão-vizir foi conduzido pelo chefe dos eunucos até os aposentos da noiva e deitou-se na cama. Pouco tempo depois, a sultana, cercada pelas damas de honra, trouxe a filha. A jovem demonstrou grande resistência, como convém às noivas. A sultana ajudou-a a se despir e, depois de despedir-se da filha com um beijo de boa-noite, retirou-se com as demais mulheres. A última a sair fechou a porta.

Assim que a porta foi fechada, o gênio, antes que o casal tivesse tempo de se abraçar, instantaneamente os transportou, ainda deitados, para o quarto de Aladim.

– Tranque este homem no banheiro, lá fora, e volte amanhã, quando o sol raiar.

O gênio removeu o filho do grão-vizir, de camisolão, e deixou-o do lado de fora, no frio, depois de enfeitiçá-lo para que ficasse paralisado.

Apesar da paixão intensa, Aladim não falou muito quando se viu sozinho ao lado da princesa.

– Não tenha medo – ele disse. – Está segura aqui. Se fui obrigado a tomar essas medidas extremas não foi para ofendê-la, mas para impedir que um rival indigno a possuísse, pois seu pai prometeu você a mim.

A princesa, que nada sabia acerca da questão, mal compreendeu tais palavras e não teve condições emocionais de responder. O impacto da estranha aventura a emudecera. Aladim não parou ali: despiu-se e ocupou o lugar do filho do grão-vizir na cama, de costas para a princesa, e colocou uma espada entre os dois, para indicar que merecia tal punição caso ousasse ofender a honra da jovem.

Contente por ter privado o rival da felicidade que haveria de ser dele, Aladim dormiu profundamente, ao passo que a princesa teve a noite mais infeliz da vida. Se nos lembrarmos do estado em que o gênio deixou o filho do grão-vizir, podemos supor que a noite do noivo tampouco foi das melhores.

De manhã, Aladim não precisou esfregar a lâmpada para invocar o gênio. Ele apareceu na hora marcada, pegou o noivo, deixou-o deitado junto à princesa e devolveu a cama ao palácio. É importante registrar que nem a princesa nem o filho do grão-vizir viram o gênio; um simples olhar de relance dirigido à sua forma medonha poderia matá-los. Tampouco ouviram a conversa entre o gênio e Aladim. A única percepção que tiveram foi do sacolejo causado pelo transporte de um local para outro, e isso já bastou para deixá-los apavorados.

O gênio tinha acabado de devolver o leito nupcial ao seu lugar quando o sultão surgiu para desejar bom-dia à filha. O filho do grão-vizir, ainda gelado após a longa noite, deu um salto e correu até seu quarto de vestir no momento em que ouviu a porta se abrindo.

O sultão aproximou-se da cama da filha, beijou-a entre os olhos, conforme o costume, e perguntou como tinha sido a noite. Afastando-se e olhando mais atentamente para ela, ficou impressionado ao ver apenas uma profunda melancolia nos olhos da jovem e nenhum outro sinal que pudesse tranquilizá-lo. A filha não dizia uma palavra sequer. Imaginando que ela reagia assim por timidez, ele se retirou. Mas o sultão não conseguia deixar de pensar que havia algo estranho no silêncio da filha e dirigiu-se diretamente aos aposentos da sultana.

– Vossa Majestade não deve ficar assustada – a sultana disse. – Todas as noivas se mostram tímidas no dia seguinte às bodas. Dê a ela dois ou três dias, então ela vai receber seu pai adequadamente. Eu vou falar com ela agora, e ficarei muito surpresa se ela me tratar do mesmo jeito.

A sultana vestiu-se e foi falar com a filha; porém encontrou-a não apenas muda, mas também com um olhar tão triste que ficou assustada.

– Por que está tão inerte em meus braços, filha? É certo tratar sua mãe e seu pai desse jeito? O que está acontecendo?

Por fim, a princesa Badr al-Budur rompeu o silêncio, com um profundo suspiro.

– Ah, querida mãe – ela se lamentou –, perdoe-me se eu não soube reverenciar a senhora como deveria! A minha mente está tomada pelos estranhos acontecimentos de ontem à noite, e o meu corpo ainda não se recuperou do abalo. Eu mal consigo ter consciência de mim mesma.

Em seguida, com os detalhes mais vívidos, a princesa relatou que, no momento em que ela e seu noivo encostaram a cabeça no travesseiro, a cama foi subitamente transportada até um quarto escuro e sujo, onde ela se viu sozinha, sem o marido, e onde um jovem, depois de dizer algumas palavras que o medo a impediu de compreender, deitou-se ao lado dela no local que pertencia ao marido, colocando um sabre entre os dois corpos, e que de manhã o marido reapareceu e a cama foi devolvida instantaneamente ao seu local original.

– Tudo isso tinha acabado de ocorrer – prosseguiu ela – quando meu pai, o sultão, entrou no quarto. Meu torpor e meu medo eram tamanhos que não fui capaz de dizer uma palavra sequer. Não é para menos que ele se ofendeu com a maneira como eu retribuí a honra de sua visita, mas espero que ele me perdoe quando tomar conhecimento da minha aventura infeliz.

A sultana ouviu calmamente o relato da princesa, mas não acreditou em nada.

– Você fez bem em ficar de bico calado diante do seu pai – ela disse. – Cuide para não mencionar nada disso a mais ninguém: as pessoas vão achar que você enlouqueceu. Agora, levante-se e afaste esses sonhos da sua cabeça. Não convém que fantasias desse tipo atrapalhem a celebração das suas bodas. Você já não está ouvindo a música, os clarins, os tímpanos e os tambores? A música vai afastar essas fantasias do seu espírito.

A comemoração das bodas durou o dia todo no palácio. A sultana se manteve ao lado da filha e fez o que pôde para animá-la, mas era evidente que o pensamento da jovem estava em outro lugar. O filho do grão-vizir não se mostrava menos abalado, embora a ambição o levasse a esconder o que sentia e ninguém poderia duvidar de que ele fosse um marido feliz.

Aladim não tinha a menor intenção de permitir que o casal descansasse, e assim que anoiteceu recorreu novamente à lâmpada.

– Gênio – ele disse –, o filho do vizir e a princesa vão dormir juntos hoje à noite. Vá e, quando eles estiverem na cama, traga-os a mim como você fez ontem.

O gênio obedeceu à ordem de Aladim com a mesma dedicação da noite anterior: o filho do grão-vizir foi submetido ao frio e desconforto mais uma noite, e a princesa, mais uma vez, sentiu-se mortificada ao se ver na cama com Aladim, com nada além de um sabre os separando. Assim que o dia clareou, o gênio reapareceu e os transportou de volta aos aposentos palacianos.

O sultão, ansioso por saber como a filha tinha passado a noite, visitou-a bem cedo. O filho do grão-vizir, mais transtornado por essa segunda aventura do que pela primeira, correu para o quarto de vestir assim que ouviu o sultão se aproximando.

O sultão cumprimentou a filha e, depois do abraço costumeiro, disse:

– Então, minha filha, seu humor hoje está tão azedo como ontem? Não vai me dizer como dormiu?

Porém, mais uma vez, a jovem recusou-se a emitir uma palavra sequer. Somente depois que o pai ameaçou cortar-lhe a cabeça ela falou.

– Meu querido pai e sultão – ela disse, em tom de súplica, quase às lágrimas –, espero que o senhor troque a raiva pela compaixão depois que ouvir meu relato sobre as noites de ontem e de anteontem.

Ela contou ao pai a verdadeira história daquelas duas noites medonhas, e o fez com tamanha inocência que enquanto ela falava o amor e a ternura cortaram o coração dele.

– Se o senhor tiver a menor dúvida sobre a verdade do meu relato, pergunte ao marido que o senhor me concedeu se não foi como eu contei.

O sultão refletiu acerca da angústia que uma aventura tão estranha deveria ter causado na princesa.

– Minha filha – ele disse –, você errou em não ter me falado ontem sobre esse fato bizarro, que diz respeito a mim tanto quanto a você. Eu não te casei para fazer você infeliz, mas para oferecer toda a felicidade que se pode esperar de um marido que parecia tão adequado para você. Agora, afaste do espírito essas visões horrendas. Vou tomar providências para que as próximas noites não sejam tão atormentadas como as anteriores.

Ao voltar aos seus aposentos, o sultão pediu ao vizir que localizasse o filho. O grão-vizir mandou o rapaz esclarecer a história.

– Não posso esconder a verdade do senhor, pai – disse o filho. – Tudo aconteceu conforme a princesa contou. Mas ela não teria como falar sobre o tratamento cruel que me foi reservado. Desde o dia das minhas bodas, passei as duas noites mais brutais que se pode imaginar. Não tenho palavras para descrever o inferno que sofri, sem falar no pavor de ter sido transportado por mãos invisíveis nada menos que quatro vezes, não tendo a menor ideia de como uma coisa daquela era possível. O senhor vai poder formar a sua própria opinião sobre o meu estado quando eu contar que passei duas noites de pé, só de camisolão, dentro de um banheiro estreito sem conseguir me mexer ou mudar de posição, embora, aparentemente, nada me impedisse. Ainda que todo esse sofrimento não tenha diminuído o amor que sinto pela princesa, prefiro morrer a insistir nessa união se o preço a ser pago for esse. Por isso eu suplico, pai, que o senhor obtenha junto ao soberano a anulação do meu casamento.

A despeito dos sonhos de casar o filho com a princesa, o grão-vizir, diante da decisão do jovem, achou que não seria cabível pedir-lhe paciência por mais alguns dias. Então, deixou a companhia do filho e correu de volta à presença do sultão, a quem confessou que pelo relato do rapaz toda aquela história era verdadeira. Antes que o sultão mencionasse a anulação do casamento, algo que ele se sentia mais que propenso a fazer, o vizir implorou que ele permitisse que o filho deixasse o palácio e voltasse à casa dos pais, para que o amor da princesa por ele não a expusesse a mais sofrimento.

O PRÍNCIPE ALADIM

O SULTÃO IMEDIATAMENTE expediu ordens para que a comemoração das bodas fosse suspensa no palácio e por todo o reino. Em pouco tempo todos os sinais de júbilo e festejo cessaram. A súbita mudança gerou especulação na cidade: alguns se perguntavam que infelicidade teria causado tal reviravolta, outros apenas notaram que o grão-vizir e seu filho tinham se retirado do palácio com semblantes melancólicos. Somente Aladim tinha conhecimento do segredo e intimamente vibrava com o triunfo da lâmpada. O mais estranho era que nem o sultão nem o vizir, ambos tendo se esquecido da solicitação de Aladim, desconfiavam de que ele pudesse ter algo a ver com os mistérios que causaram o fim do casamento da princesa.

Contudo, Aladim aguardou o período de três meses estipulado pelo sultão. Ele contou cada dia com atenção e, quando o tempo expirou, enviou sua mãe ao palácio, a fim de lembrar ao soberano a promessa feita. Quando o sultão despachou a mãe de Aladim por três meses, acreditava que não voltaria a vê-la, pois apesar do valor do presente por ela oferecido, a julgar pelo aspecto simplório da pobre mulher ele concluiu que o casamento por ela proposto não estava à altura da princesa. Mas a mulher voltou, suplicando-lhe que mantivesse a palavra. O sultão, constrangido, tentou ganhar tempo: virando-se para o grão-vizir, confessou suas dúvidas quanto a casar a princesa com um estranho, a seu ver um pobretão.

O grão-vizir apressou-se em expressar seu pensamento.

– Majestade – disse ele –, acho que há um jeito de evitar esse casamento tão inadequado, sem dar a Aladim motivo de queixa. Basta estabelecer um valor tão elevado pela princesa que a fortuna dele, por maior que seja, jamais poderá alcançar.

O sultão ficou satisfeito, e dirigiu-se à mãe de Aladim.

– Boa mulher – ele disse –, sultões têm que manter a palavra, e manterei a minha, mas primeiro seu filho terá que me enviar quarenta vasos de ouro maciço, cada qual com joias até a borda, carregados por quarenta criados negros, conduzidos por quarenta criados brancos, todos jovens, altos, fortes e luxuosamente trajados. Fico esperando uma resposta.

A mãe de Aladim fez uma reverência diante do sultão e retirou-se. A caminho de casa, riu sozinha ao pensar na ambição desenfreada do filho.

– Onde ele vai encontrar tantos vasos de ouro – ela pensou –, e tantos vidros coloridos para enchê-los? Será que ele vai voltar àquele subterrâneo para colher os vidros nas árvores? E todos aqueles criados, com os trajes que o sultão exigiu, onde ele vai consegui-los? Cadê os sonhos dele agora? Acho que ele não vai ficar contente com o meu relato.

Quando chegou em casa, ela já havia se convencido de que a Aladim não restaria sonho nenhum.

– Meu filho – disse ela –, se eu fosse você eu perderia toda e qualquer esperança de me casar com a princesa Badr al-Budur. É certo que o sultão me recebeu com bondade, e acredito que ele goste de você. Mas parece que o grão-vizir virou a cabeça dele, conforme você mesmo vai poder avaliar, depois que eu contar o que aconteceu. Quando eu lembrei a Sua Majestade que os três meses já tinham passado e supliquei a ele que cumprisse a promessa, notei que ele só respondeu depois de uma conversinha com o vizir.

A mãe de Aladim relatou as palavras do sultão, bem como as condições por ele impostas para que o casamento ocorresse.

– Ele está esperando a resposta – ela disse ao filho, com um sorriso –, mas acho que ele vai ficar esperando por muito tempo.

– Nem tanto tempo quanto a senhora pensa – respondeu Aladim –, e o sultão está enganado se acredita que as exigências dele vão me desanimar. Eu já esperava obstáculos concretos, mas o que ele pede é pouco.

Aladim voltou ao seu quarto e invocou o gênio.

– O sultão vai me entregar a mão da filha – disse Aladim –, mas primeiro ele quer quarenta vasos de ouro, cheios até a borda daqueles frutos do pomar onde eu encontrei a sua lâmpada. Os quarenta vasos de ouro têm que ser carregados por quarenta criados negros, precedidos por quarenta criados brancos, todos jovens, altos, fortes e vestidos luxuosamente. Vá e me traga esse presente, sem demora, para que eu possa enviá-lo ao sultão antes que a sessão do conselho acabe.

O gênio retornou, prontamente, com oitenta criados, cada um portando um vaso de ouro maciço, repleto de pérolas, diamantes, rubis e esmeraldas, maiores e mais belos ainda do que as pedras que o sultão tinha visto. Juntos, os vasos encheram o casebre e o jardim. Aladim abriu a porta e despachou os homens, um depois do outro; quando sua mãe saiu, seguindo o último criado, Aladim fechou a porta da casa e voltou serenamente ao seu quarto.

O primeiro criado que saiu da casa de Aladim causou espanto em todos que o viram, e, antes que os oitenta homens saíssem, a rua ficou apinhada, com gente vindo de todas as direções para ver o desfile. A pele reluzente, o aspecto e o porte elegante dos homens, a estatura parelha, o andar solene, isso tudo somado ao brilho das joias que pendiam de suas cinturas e adornavam suas têmporas, empolgaram e fizeram vibrar a multidão, mas as ruas estavam tão superlotadas que ninguém conseguia se mexer. Todos se limitaram a seguir o desfile com os olhos, até perdê-lo de vista.

Eram muitas as ruas que aqueles homens magníficos tinham de percorrer até chegar ao palácio, e metade da população da cidade os viu passar. Quando o primeiro dos oitenta criados alcançou a porta do primeiro pátio do palácio, os porteiros, vendo o traje e pensando que se tratasse de um rei, deram um passo à frente e beijaram-lhe a barra da capa. Mas o criado, tendo recebido ordens do gênio, impediu-os e disse:

– Somos apenas escravos. Nosso amo já vai aparecer.

O primeiro criado, seguido pelos demais, avançou até o segundo pátio, onde a guarda palaciana se posicionava durante as reuniões do conselho. Os oficiais no comando das tropas tinham uma aparência espetacular, mas empalideciam perante os oitenta criados que constituíam uma parte do presente a ser oferecido por Aladim e transportavam na cabeça a outra parte. Nada cintilava mais intensamente no palácio do sultão. O brilho da corte enfraquecia diante do que acabara de surgir.

Quando soube que aqueles homens tinham chegado, o sultão deu ordens para que fossem admitidos, e eles entraram no salão do conselho em grande pompa, alguns pela esquerda, outros pela direita. Depois de formarem um imenso semicírculo diante do trono do sultão, os criados negros depositaram sobre o tapete os vasos que transportavam; em seguida todos se ajoelharam e encostaram a testa no solo, e os criados brancos fizeram o mesmo. Quando se levantaram, assumiram uma postura discreta, com os braços cruzados sobre o tórax, enquanto a mãe de Aladim os apresentava.

– Majestade – ela disse –, o meu filho, Aladim, sabe muito bem que o presente por ele enviado não é digno da princesa, mas espera que não o desagrade, pois Aladim buscou apenas satisfazer as condições que o senhor tão gentilmente impôs.

O sultão mal ouviu o que ela disse. A visão dos quarenta vasos de ouro transbordando lindíssimas joias preciosas e dos oitenta criados que pareciam oitenta reis deixou-o mudo. Ele se dirigiu ao grão-vizir, que tanto quanto ele desconhecia a origem daquela fortuna.

– Então, vizir – ele falou –, o que você me diz desse homem, seja lá quem ele for, que me envia um presente tão suntuoso e que é desconhecido de nós dois? Você acha que ele é indigno de se casar com a minha filha?

O grão-vizir não se atreveu a fingir, e o sultão acabou com toda e qualquer dúvida. Nem sequer pensou em averiguar se as demais qualidades de Aladim fariam dele um bom genro. A simples visão daquela fortuna e a presteza com que Aladim atendera à condição imposta, aparentemente sem a menor dificuldade, convenceram-no de que Aladim possuía todos os atributos desejáveis.

– Boa mulher – ele disse à mãe de Aladim –, vá dizer ao seu filho que eu o recebo de braços abertos.

Os oitenta criados não foram esquecidos. Foram levados ao interior do palácio, e o sultão, depois de elogiá-los para a princesa, mandou posicioná-los do lado de fora dos aposentos dela, de maneira que ela pudesse vê-los através do biombo de treliça e constatar que ele em nada exagerara, ao contrário, contara a ela bem menos do que de fato existia.

A mãe de Aladim não tardou em levar ao filho a boa-nova.

– Você tem todos os motivos para se sentir feliz – disse ela. – Seus desejos foram satisfeitos. Acabou a espera: o sultão concorda você se case com a princesa, e a corte aplaudiu a decisão dele. Ele está ansioso por te abraçar e realizar o casamento. Agora resta a você se preparar para o encontro, para que as esperanças que ele depositou em você não sejam frustradas; mas, depois das maravilhas que eu te vi realizar, não tenho dúvida de que ele vai ficar satisfeito. Agora vai depressa, filho, o sultão te aguarda com impaciência.

Eufórico, Aladim foi para seu quarto e invocou o gênio.

– Providencie um banho para mim – ele disse –, e depois me traga um traje mais suntuoso do que qualquer outro usado por qualquer rei.

Imediatamente, Aladim foi transportado a um balneário construído com o mais refinado dos mármores, onde mãos invisíveis o despiram em uma saleta impecavelmente limpa.

Foi conduzido ao banho, perfeitamente morno, onde foi esfregado e borrifado com água aromatizada. Depois de passar por uma série de salas, gradativamente mais frescas, ele surgiu como um novo homem, com a pele agora branca e rosada, o corpo mais leve, revigorado. De volta à saleta, constatou que no lugar de suas roupas antigas havia um esplêndido traje novo, que ele vestiu com a ajuda do gênio, enquanto admirava cada uma das peças. Em seguida, pediu ao gênio um cavalo dócil e mais elegante que qualquer outro que houvesse nos estábulos do sultão, vinte criados para servi-lo, seis aias para acompanhar sua mãe, cada qual vestida com a mesma suntuosidade dos trajes existentes no guarda-roupa da sultana, e dez mil moedas de ouro, dentro de dez bolsas.

O gênio desapareceu e retornou imediatamente com o cavalo, os vinte criados, dez dos quais transportavam bolsas cheias de ouro, e as seis aias, cada qual levando consigo um traje destinado à mãe de Aladim, embrulhado em tecido com fios de prata, e ofertou tudo isso ao jovem. Das dez bolsas, Aladim entregou quatro à mãe e deixou as outras seis com os criados, com ordens de atirar as moedas à multidão enquanto o cortejo seguisse em direção ao palácio. Por fim, apresentou as aias à sua mãe e disse que elas lhe pertenciam, assim como os trajes por elas transportados.

Então, montou no cavalo e partiu para o palácio. Aladim nunca havia cavalgado, no entanto movia-se com tamanha elegância que nem o cavaleiro mais habilidoso perceberia que ele era inexperiente. As ruas por ele percorridas reverberavam gritos de aclamação, que atingiam o ponto máximo quando os seis criados lançavam punhados de moedas de ouro a torto e a direito. Aladim transitou irreconhecível, não apenas por aqueles que se lembravam dos seus dias de vadiagem naquelas mesmas ruas, mas até pelos que o tinham visto pouco tempo antes, de tão mudada que estava sua aparência, pois a lâmpada, ao enriquecer seus proprietários, ajustava-lhes a aparência física à sua crescente ascensão social. À medida que circulava a notícia de que o sultão cedera a mão da princesa a Aladim, este parecia se tornar tão digno da honraria que ninguém mais duvidava de sua importância.

Aladim chegou ao palácio, onde tudo estava pronto para recebê-lo. Sob ordens do sultão, quando Aladim alcançou o segundo portão e quis apear, conforme era o costume entre vizires, generais e governadores do mais alto escalão, foi interceptado pelo mestre do protocolo, que o levou até a porta do salão do conselho e ali ajudou-o a desmontar, apesar de seus protestos. Conduzindo Aladim pelo braço, o mestre passou diante dos demais funcionários, os quais ladeavam a entrada formando duas filas perfeitas, e entrou na sala do trono do sultão.

Quando viu Aladim, o sultão ficou igualmente impressionado com o esplêndido traje usado pelo rapaz, mais luxuoso do que qualquer outro por ele próprio usado anteriormente, e com sua pele saudável, seu porte imponente e um ar de grandeza bastante diverso da condição modesta em que a mãe do jovem tinha aparecido diante dele. O sultão levantou-se do trono a tempo de impedir que Aladim se prostrasse a seus pés, abraçou-o e o conduziu a uma sala deslumbrante, onde um banquete fora preparado e onde os dois comeram sozinhos. O sultão, satisfeito e com os olhos pregados em Aladim, deixou que a conversa versasse sobre diversos assuntos e constatou que o jovem era capaz de discorrer com conhecimento e sabedoria sobre todas as questões abordadas.

Depois do banquete, o sultão convocou o juiz mais graduado da cidade e mandou que ele preparasse o contrato de núpcias imediatamente. Enquanto isso, o sultão e Aladim seguiram conversando, na presença do grão-vizir e dos cortesãos, que admiraram a lucidez do jovem, bem como sua eloquência natural e os comentários sutis com que animava a prosa.

Quando o juiz concluiu a redação do contrato, o sultão perguntou se Aladim desejava realizar a cerimônia naquele mesmo dia.

– Primeiro – respondeu Aladim – eu peço a vossa permissão para construir um palácio em frente a este, para que eu possa receber a princesa com a pompa que ela merece.

O sultão assentiu, e Aladim despediu-se em grande estilo, como se tivesse nascido e crescido na corte.

Aladim montou em seu cavalo e voltou para casa pelo mesmo caminho que o levara ao palácio, passando pela mesma multidão que o aclamara e lhe desejara felicidade. Ao chegar em casa, pegou a lâmpada e disse ao gênio:

– Construa para mim um palácio com cristal, quartzo, ágata, lápis-lazúli e mármore, e que ele se situe em frente ao palácio do sultão. No topo, construa um grande salão, com teto em formato de abóbada e paredes de ouro e prata, e com seis janelas em cada parede. As treliças que cobrem as janelas devem ser cravejadas de diamantes, rubis e esmeraldas – à exceção de uma treliça, que deve ficar inacabada. Deve haver, também, um pátio interno, um jardim, um tesouro cheio de ouro e prata, além de cozinhas, despensas, lavanderias, quartos de vestir onde haja roupas para todas as estações, estábulos cheios de cavalos, com escudeiros e cavalariços, e uma equipe de caçadores. Vá, e volte depois que tudo estiver feito.

O palácio das maravilhas

O sol tinha acabado de se pôr quando Aladim dispensou o gênio. Assim que o dia amanheceu, este retornou.

– Amo – ele disse –, vosso palácio está concluído.

Bastou um meneio de cabeça para que eles fossem transportados ao local, e Aladim ficou abismado diante de todos os cômodos do palácio, sobretudo o salão com vinte e quatro janelas, pois ali encontrou mais opulência e beleza do que poderia imaginar.

– Falta apenas uma coisa – disse Aladim. – Falta estender, desde o portão do palácio do sultão até a porta dos aposentos da princesa neste novo palácio, um tapete do mais refinado veludo.

O gênio desapareceu, e Aladim logo constatou que sua ordem fora cumprida.

Os porteiros, habituados com um campo de visão desobstruído diante do palácio, ficaram surpresos com o fim do descampado, e também ao verem o tapete de veludo estendido desde o portão do palácio. O espanto só foi maior quando avistaram o palácio de Aladim, e em pouco tempo a notícia daquela maravilha se espalhou por toda a corte. O grão-vizir ficou tão perplexo quanto os demais cortesãos, mas ao relatar o caso ao sultão tentou desmerecer o feito, afirmando que era apenas resultado de um passe de mágica.

– Mas, vizir – disse o sultão –, você sabe tão bem quanto eu que o Aladim construiu o palácio com a permissão que eu lhe dei na sua presença. Depois da mostra que vimos da riqueza dele, devemos nos surpreender que ele tenha feito tudo isso tão depressa? Ele já nos demonstrou que, com dinheiro, milagres acontecem do dia para a noite. A sua alegação de magia decorre de ciúme, não é?

O sultão era esperado em uma sessão do conselho, e tal compromisso o impediu de refletir mais tempo sobre o assunto.

Quando chegou em casa, Aladim encontrou a mãe acordada, experimentando uma de suas roupas novas. Ele pediu-lhe que fosse ao palácio do sultão com suas criadas, pois a sessão do conselho estava prestes a terminar, e comunicasse que ele gostaria de fazer companhia à princesa até o anoitecer, quando chegaria a hora de ela se mudar para seu palácio.

A mãe saiu acompanhada das aias, e, embora estivessem vestidas como rainhas, ninguém nas ruas olhou para elas, uma vez que seus rostos estavam cobertos e mantos escondiam os trajes suntuosos. Por seu turno, Aladim montou em seu cavalo e, saindo da casa do pai pela última vez, levando consigo somente a lâmpada mágica que fora tão crucial para sua felicidade, dirigiu-se a seu palácio com a mesma pompa de antes.

Assim que os guardas do palácio avistaram a mãe de Aladim se aproximando, ordens foram expedidas aos corneteiros, percussionistas e flautistas já posicionados pelas dependências, e logo o som da música fez ecoar a boa-nova por toda a cidade. Comerciantes começaram a enfeitar os bazares com tapetes, almofadas e plantas, e prepararam a iluminação a ser utilizada depois que anoitecesse. Artesãos abandonaram as oficinas, já que todas as pessoas correram até a praça central, agora situada entre o palácio do sultão e o de Aladim. A multidão ficou atônita ao ver aquele palácio maravilhoso onde um dia antes não havia sequer sinais de tijolos ou argamassa.

A mãe de Aladim foi recebida em grande estilo e conduzida aos aposentos da princesa pelo chefe dos eunucos. A princesa abraçou-a, convidou-a a sentar-se no sofá e, enquanto as aias a adornavam com joias presenteadas por Aladim, serviu-se de um belo café da manhã. O sultão, que tinha vindo ver a filha antes que esta trocasse seu palácio pelo de Aladim, também deu à mãe do jovem uma acolhida majestosa. Ela havia se dirigido ao sultão diversas vezes, em público, mas ele nunca tinha visto aquela senhora sem véu, conforme estava agora. Ainda que fosse um tanto idosa, seus traços preservavam as formas da antiga beleza, e o sultão, que antes só a vira com roupas simplórias, ficou maravilhado ao vê-la vestida com tanto esplendor quanto a própria princesa. Ele deduziu que aquilo também era fruto da sabedoria de Aladim.

Ao cair da noite, a princesa despediu-se do pai. Ambos choraram e se abraçaram com muito carinho várias vezes, e por fim a princesa deixou o palácio, acompanhada pela mãe de Aladim e seguida por uma centena de damas de honra. Em seguida, vinham os músicos, uma centena de mensageiros e um número igual de eunucos. Quatrocentos pajens caminhavam em fila de cada lado do cortejo, cada um carregando uma tocha, as quais, somadas à iluminação do palácio, conferiam à noite um brilho fascinante.

A princesa caminhou sobre o tapete do palácio do pai até o do marido, e Aladim correu para saudá-la à porta.

– Seus olhos são os culpados desse meu atrevimento – ele disse –, se por acaso eu te desagrado.

– Príncipe – ela respondeu –, agora que te vi, submeto-me à vontade de meu pai, sem resistir.

Tomando-a pela mão, Aladim guiou-a até um grande salão iluminado por um número infinito de velas, onde o gênio havia preparado um banquete suntuoso. Travessas de ouro continham as carnes mais refinadas. As jarras, tigelas e taças que cobriam a mesa também eram de ouro e ricamente trabalhadas. A princesa disse a Aladim:

– Pensei que não existisse na terra um lugar mais belo do que o palácio do meu pai, mas a visão desta sala comprova meu engano.

A princesa, Aladim e sua mãe ocuparam os respectivos assentos, e um coro feminino começou a cantar, acompanhado por um conjunto de instrumentistas. A princesa, radiante, declarou jamais ter ouvido algo parecido no palácio do pai. Ela não sabia que os músicos eram espíritos recrutados pelo gênio.

Depois da ceia, uma trupe de bailarinos substituiu os músicos. Apresentaram uma série de danças tradicionais e foram seguidos por um homem e uma mulher que bailavam com uma agilidade impressionante. Era quase meia-noite quando, seguindo o costume chinês, Aladim levantou-se e ofereceu a mão à princesa para que se retirassem dançando de sua própria festa de casamento. Olhares admirados acompanharam cada volteio do casal, até que eles desapareceram entrando em sua câmara nupcial.

De manhã, os criados vieram ajudar Aladim a se vestir e escolheram um traje tão refinado quanto o que ele havia usado na noite das bodas. Então, trouxeram-lhe um de seus cavalos, que ele montou até o palácio do sultão, cercado por serviçais por todos os lados. O sultão abraçou-o e, sentando-o ao lado de seu trono, deu ordens para que o almoço fosse servido.

– Majestade – disse Aladim –, eu peço que o senhor me prive dessa honra hoje, e que me conceda a satisfação de recebê-lo no palácio da princesa, sendo o convite extensivo ao seu grão-vizir e aos cavalheiros da corte.

O sultão concordou e prontamente caminhou até o palácio, pois o trajeto não era longo, acompanhado de Aladim à direita, do grão-vizir à esquerda e seguido pelos cortesãos.

A beleza do palácio de Aladim deixou o sultão estarrecido; ao entrar, ele não conseguiu deixar de proferir exclamações em cada cômodo. Quando ingressou no salão das vinte e quatro janelas e viu as treliças cravejadas de diamantes, rubis e esmeraldas, e Aladim comentou que a parte externa era igualmente trabalhada, o sultão pareceu ficar aturdido. Passados alguns instantes, ele disse:

– Este palácio é uma das maravilhas do mundo. Onde mais no Universo haverá paredes construídas com ouro e prata e janelas com treliças incrustadas com diamantes, rubis e esmeraldas? Nunca se viu nada igual na face da terra!

O sultão quis examinar a beleza das vinte e quatro janelas. Ao contá-las, constatou que apenas vinte e três exibiam a mesma formosura, e que a vigésima quarta estava inacabada.

– Vizir – ele disse, pois o vizir optara por se posicionar ao lado dele –, é estranho que um salão assim tão belo tenha esta imperfeição.

– Ao que parece – respondeu o vizir –, Aladim se viu pressionado pelo tempo, e não conseguiu elevar esta janela ao nível das demais.

Aladim, que havia se afastado do sultão a fim de expedir algumas ordens, retornou.

– Meu filho – disse o sultão –, este salão deve ser o mais admirável do mundo. Apenas uma coisa me surpreendeu. Terá sido por acaso ou por negligência que uma das janelas ficou inacabada?

– Foi intencional – disse Aladim. – Eu disse aos operários que deixassem assim, pois queria que Vossa Majestade tivesse a glória de concluir os trabalhos deste salão e, portanto, do palácio como um todo.

O sultão aceitou a tarefa com prazer e mandou chamar os melhores ourives e joalheiros da capital.

Aladim conduziu o sultão até o salão de jantar. Ali encontraram a princesa, que cumprimentou o pai com um sorriso espontâneo. Duas mesas cambaleavam ligeiramente sob o peso de um banquete servido em bandejas de ouro. O sultão ocupou seu lugar em uma delas, ao lado da princesa, de Aladim e do grão-vizir. Todos os cavalheiros da corte sentaram-se à outra mesa. O sultão confessou jamais ter provado ceia tão deliciosa e disse o mesmo acerca do vinho. Ainda mais impressionantes eram as mesas laterais, repletas de jarras, tigelas e taças de ouro maciço, todas cravejadas de pedras preciosas. Dispostos em volta do salão, os cantores eram igualmente cativantes e suas vozes se mesclavam harmoniosamente com os clarins, os pratos e os tambores tocados do lado de fora.

Quando o sultão levantou-se da mesa, veio a notícia de que os joalheiros e os ourives tinham chegado. Voltando ao salão das vinte e quatro janelas, ele apontou aos artesãos a que estava inacabada.

– Chamei os senhores aqui para concluírem o trabalho nesta janela e equipará-la à perfeição das demais. Examinem as janelas e comecem a trabalhar, sem demora.

Os joalheiros e os ourives examinaram as outras vinte e três janelas com grande atenção. Depois de terem trocado ideias e deliberado sobre a contribuição de cada um, voltaram à presença do sultão. O primeiro joalheiro falou:

– Majestade – ele disse –, estamos todos prontos para dedicar nossos talentos ao seu serviço, mas não temos os materiais para realizarmos o que o senhor nos pede; nossas pedras não são tão preciosas, e nem em número suficiente, para equiparar esta treliça às outras.

– Eu tenho todas as pedras que os senhores precisarem – disse o sultão. – Venham ao meu palácio e escolham.

O sultão mandou buscar suas pedras preciosas e os joalheiros escolheram muitas delas, sobretudo aquelas que o próprio Aladim tinha trazido. Começaram a trabalhar, mas o serviço avançou pouco e foram obrigados a voltar ao palácio diversas vezes a fim de pegar mais pedras. Ao término de um mês, não haviam sequer chegado à metade do trabalho.

Tinham utilizado todas as pedras pertencentes ao sultão, e ainda foi preciso recorrer à coleção do grão-vizir, mas somente metade da treliça estava concluída.

Sabendo que o esforço dos artesãos era em vão, Aladim disse-lhes não apenas que deixassem de lado as ferramentas, mas que desfizessem o trabalho já realizado e devolvessem as pedras. Todo o trabalho efetuado ao longo de semanas foi desfeito em poucas horas. Quando se viu novamente sozinho, Aladim pegou a lâmpada e ordenou ao gênio que concluísse a janela.

Os artesãos chegaram ao palácio e foram levados aos aposentos do sultão. O primeiro joalheiro, apresentando as pedras que estavam sendo devolvidas, falou em nome de todos.

– Vossa Majestade sabe o tempo que dedicamos à nossa tarefa. Já estávamos bem adiantados quando Aladim mandou que parássemos, desfizéssemos o trabalho que tínhamos realizado e devolvêssemos as pedras que tínhamos tomado emprestadas.

Imediatamente, o sultão mandou buscar seu cavalo e foi procurar Aladim.

– Eu vim pessoalmente – disse o sultão – para indagar os motivos que te fizeram deixar inacabado um salão tão incomparável e belo como aquele.

Aladim escondeu o verdadeiro motivo, que era o fato de o sultão não ser suficientemente rico para dar conta da conclusão da treliça. No entanto, a fim de mostrar-lhe que aquele palácio superava não apenas o do próprio sultão, mas qualquer outro na face da terra, respondeu:

– É verdade que Vossa Majestade viu aquele salão inacabado, mas eu peço que o senhor me diga agora se ali falta alguma coisa.

O sultão dirigiu-se à janela inacabada e, encontrando-a exatamente igual às demais, duvidou dos próprios olhos. Ele inspecionou as janelas posicionadas logo ao lado, depois examinou todas as outras e, quando se convenceu de que a treliça que lhe custara tantas semanas de trabalho tinha sido concluída em tão pouco tempo, abraçou Aladim e o beijou entre os olhos.

O sultão retornou ao seu palácio, sozinho e pelo mesmo caminho que tinha vindo. Lá encontrou o grão-vizir à sua espera. Ainda maravilhado com o milagre que acabara de presenciar, ele relatou o evento, utilizando palavras que produziram no ministro a certeza de que as coisas não eram conforme aparentavam e que o palácio de Aladim era fruto de magia, como ele mesmo havia sugerido ao sultão pouco depois que o palácio apareceu. O vizir, então, se repetiu.

– Vizir – interrompeu o sultão –, você já me disse isso. Vejo que você ainda não superou a anulação do casamento da minha filha com o seu filho.

O grão-vizir, não desejando confrontar o sultão, deixou que ele pensasse o que quisesse. Todas as manhãs, ao despertar, o sultão olhava através da janela o palácio de Aladim, e retornava diversas vezes por dia para admirá-lo.

Enquanto isso, Aladim não ficava muito tempo dentro do palácio. Fazia questão de ser visto pelos habitantes da cidade ao menos uma vez por semana, fosse comparecendo a várias mesquitas, fazendo visitas ao grão-vizir ou retribuindo visitas aos cortesãos, que eram recebidos com frequência em seu palácio. Todas as vezes que ele saía à rua, dois criados seguiam seu cavalo e lançavam punhados de moedas de ouro à população. Nenhum necessitado batia na sua porta sem que fosse devidamente atendido.

Saindo para caçar ao menos uma vez por semana, às vezes nos arredores da cidade e às vezes em regiões mais distantes, Aladim estendia sua caridade por estradas rurais e povoados. Sua generosidade conquistou o coração do povo e tornou-se comum ouvir as pessoas bendizerem seu nome. A tais qualidades ele somava uma dedicação sincera ao bem-estar do reino, o que ficou demonstrado quando eclodiu uma rebelião perto da fronteira. Ao tomar conhecimento de que o sultão recrutara um exército a fim de suprimir o levante, Aladim suplicou-lhe que permitisse que ele assumisse a liderança das forças. O pleito foi atendido e o jovem marchou à frente do exército do sultão, e foi tão bem-sucedido na campanha que a notícia da derrota dos rebeldes circulou pouco tempo depois que ele partiu para o campo de batalha. Aladim voltou do combate na condição de herói, mas continuou sendo o homem gentil e amável de sempre.

Lâmpadas novas por lâmpadas velhas

Anos haviam se passado daquela nova vida de Aladim, quando o mago, no norte da África, lembrou-se dele. Embora convicto de que Aladim jamais conseguira sair da câmara subterrânea, o mago quis saber exatamente como ele tinha morrido. Exímio vidente, ele retirou de um armário a caixa quadrada que utilizava para ter suas visões e, depois de juntar e alisar a areia, fez sua leitura. Constatou que Aladim tinha escapado e se casado com a princesa, ao lado de quem vivia em grande esplendor.

Um calor subiu às faces do mago. Ele sabia que Aladim só poderia ter escapado devido aos poderes do anel, e não perdeu tempo pensando no que fazer. Na manhã seguinte, partiu montado no cavalo berbere que mantinha em seu estábulo e viajou dia e noite até chegar à capital do reino chinês em questão. A fim de pernoitar, apeou em uma estalagem, onde alugou um quarto.

No dia seguinte, quis saber, antes de tudo, o que as pessoas pensavam de Aladim. Caminhou pela cidade e parou em um local onde os habitantes costumavam se reunir para tomar certa bebida quente, que ele conhecia de sua visita anterior. Uma caneca com a bebida foi colocada à sua frente, assim que ele encontrou um lugar para sentar. O mago apurou o ouvido e percebeu que a conversa era sobre o palácio de Aladim. Esvaziando a caneca, ele se aproximou de um dos cidadãos que estavam falando e perguntou o que havia de especial no tal palácio para merecer tantos elogios.

– De onde é que o senhor veio? – indagou o homem. – Nunca ouviu falar do palácio do príncipe Aladim, uma das maravilhas do mundo? Desde que o palácio foi construído, é o único assunto na face da terra. Vá ver o palácio e julgue por si mesmo se eu falei ou não a verdade.

– Perdoe a minha ignorância – respondeu o mago. – Onde fica essa maravilha da qual o senhor fala?

O outro homem indicou o local e o mago partiu imediatamente. Quando viu o palácio, logo percebeu que a construção era obra de algum gênio, pois ninguém mais seria capaz daquela façanha. Enfurecido, o mago decidiu que haveria de se apoderar da lâmpada. Com tal propósito, trancou-se em seu quarto e voltou à sua prática de vidente. As visões revelaram que a lâmpada estava no palácio de Aladim. O mago procurou o dono da estalagem e, simulando uma conversa absolutamente natural, disse que tinha acabado de ver o palácio de Aladim e relatou tudo o que mais o impressionara.

– Mas a minha curiosidade não será satisfeita – acrescentou ele – enquanto eu não encontrar o dono daquele palácio maravilhoso.

– O senhor não vai ter a menor dificuldade para encontrá-lo – disse o dono da estalagem. – Ele aparece aqui na cidade quase todo dia. Mas faz três dias que está fora numa caçada que, segundo dizem, vai durar oito dias.

O mago não esperou nem mais um minuto. Comprou uma dúzia de lâmpadas de cobre, enfiou-as dentro de uma cesta e levou-as ao palácio. Ao se aproximar, começou a gritar:

– Lâmpadas novas por lâmpadas velhas!

As crianças que estavam na praça, achando que ele fosse maluco, perseguiram-no, zombando, mas ele continuou a gritar:

– Lâmpadas novas por lâmpadas velhas!

Até que a princesa Badr al-Budur, sentada no salão das vinte e quatro janelas, ouviu a voz do mago e mandou uma criada averiguar o motivo da algazarra.

A dama de companhia voltou rindo, e a princesa a repreendeu.

– Princesa – disse a criada –, quem não haveria de rir ao ver um louco querendo trocar lâmpadas novas por lâmpadas velhas?

Ao ouvir isso, outra dama disse:

– Tem uma lâmpada velha naquele nicho que podemos dar para ele. Daí a gente vai saber se ele é louco a ponto de trocar uma lâmpada velha por uma nova.

Aquela era a lâmpada mágica de Aladim, graças à qual sua vida se transformara em um sonho e que ele deixara no nicho, antes de ir à caçada. A princesa, que nada sabia acerca do valor da lâmpada, mandou um eunuco fazer a troca. Ele foi até o mago e disse:

– Me dê uma lâmpada nova por esta aqui.

O mago não teve dúvida de que aquela era a lâmpada procurada. Não haveria outra igual àquela no palácio de Aladim, onde tudo o mais era feito de ouro e prata. Agarrou a lâmpada e disse ao eunuco que escolhesse à vontade. O deboche ecoava pela praça, mas o mago não se incomodou e foi embora. Optou por seguir por ruelas pouco movimentadas e em um beco deserto abandonou a cesta com as lâmpadas novas, pois não tinha mais utilidade para elas. Em seguida, saiu pelos portões da cidade e avançou pelos campos. Parou em um local isolado, aguardando o cair da noite, e então pegou a lâmpada escondida em sua capa e a esfregou. O gênio apareceu:

– Qual é a vossa ordem?

O mago pediu para ser transportado, junto com o palácio e a princesa que o habitava, a um determinado local no norte da África.

Na manhã seguinte, o sultão olhou pela janela para admirar o palácio de Aladim e deparou-se com um terreno vazio. Ele esfregou os olhos, mas nada mais enxergou embora o ar estivesse puro, o céu azul e a manhã perfeitamente clara.

– Não estou enganado – ele disse consigo mesmo. – Ficava bem ali. Se tivesse desabado, haveria ruínas, e se a terra o engolisse, restaria algum vestígio.

O sultão mandou chamar o grão-vizir, que chegou tão apressado que nem notou que havia algo errado. Mas, em seguida, o grão-vizir também ficou boquiaberto. Novamente, ele atribuiu o feito à magia, e dessa vez o sultão não pôde contestá-lo.

– Cadê aquele impostor? – gritou ele. – Cortem a cabeça dele!

Trinta cavaleiros foram enviados para trazer Aladim de volta, acorrentado. Encontraram-no cavalgando a caminho de casa, a cinco ou seis léguas da cidade.

– Príncipe Aladim – disse um oficial –, é com grande pesar que devemos prendê-lo e conduzi-lo até o sultão, pois o senhor é acusado de ser inimigo do Estado. Suplicamos ao senhor que não nos leve a mal por cumprirmos nosso dever e que nos perdoe.

Tais palavras assustaram Aladim, que perguntou ao oficial de que crime era acusado, mas nem o oficial nem seus subordinados sabiam informar. Vendo que o contingente que o acompanhava era inferior ao número de cavaleiros do sultão e que alguns de seus próprios homens já haviam desertado, Aladim apeou.

– Eis-me aqui – ele disse –, mas saibam que não sou culpado de crime nenhum, nem contra o sultão nem contra o Estado.

Uma corrente comprida e pesada foi enrolada em seu pescoço e no tórax, de modo que ele não conseguia mover os braços, e assim ele foi levado a pé até a cidade.

O povo, que o amava, vendo que era conduzido para ser executado, sacou espadas, e quem não tinha espada armou-se com pedras, e a multidão seguiu atrás da cavalaria. Em pouco tempo, a aglomeração era tamanha que os guardas mal conseguiam impedir que o povo resgatasse Aladim antes que todos chegassem ao palácio do sultão. Os guardas tiveram de ocupar as ruas por onde passavam, abrindo as fileiras nas vias mais largas e compactando-as nas mais estreitas, e assim alcançaram o palácio.

Aladim foi levado diante do sultão, que deu ordens ao carrasco para cortar-lhe a cabeça. O carrasco pegou Aladim, removeu a corrente que envolvia o seu corpo e, depois de pôr no chão uma tira de couro manchada com o sangue de milhares de condenados por ele executados, fez Aladim se ajoelhar e cobriu-lhe os olhos. Então, sacou a espada, ensaiou três vezes o golpe no ar e aguardou o sinal do sultão.

Naquele instante, o grão-vizir percebeu que a multidão tinha vencido a resistência dos guardas e já escalava os muros do palácio. Quando o sultão tomou fôlego para dar o sinal, o vizir disse:

– Majestade, eu suplico que o senhor pense bem no que está prestes a fazer. O senhor está se arriscando a ver este palácio invadido, um desastre que pode ser fatal.

– Meu palácio invadido! – exclamou o sultão. – Quem ousaria fazer tal coisa?

– Se o senhor olhar em direção aos muros do palácio e em direção à praça vai constatar que falo a verdade.

Horrorizado com o tumulto que transcorria na praça, o sultão deu ordem ao carrasco para suspender a execução, mandou soltar Aladim e o perdoou diante da multidão. Contentes por terem salvado a vida do homem que amavam, os rebeldes espalharam a notícia entre os que os cercavam, e estes, por seu turno, passaram-na adiante. Os guardas, que tinham subido às sacadas mais altas, anunciaram o perdão de Aladim à cidade inteira. O gesto misericordioso do sultão apaziguou a turba, pôs um fim ao tumulto que reinava na praça e fez com que todos voltassem calmamente às suas casas.

Quando se viu livre, Aladim implorou para saber do que era acusado.

– Você vai me dizer que não sabe? – indagou o sultão. – Venha até aqui. – E ele apontou pela janela o local onde o palácio se situara.

Aladim olhou e não viu absolutamente nada. Havia apenas um espaço vazio, o terreno antes ocupado por seu palácio. Incapaz de saber o que tinha acontecido com a construção, Aladim ficou tão abismado que não conseguiu pronunciar uma palavra sequer.

– Diga-me, então – disse o sultão, impaciente –, o que você fez com o seu palácio e com a minha filha. O palácio não me preocupa, mas sem a minha filha eu não posso viver. Ou você a traz de volta ou vai perder a sua cabeça, e da próxima vez eu não vou suspender a ordem.

Aladim implorou ao sultão que lhe concedesse quarenta dias, prometendo que, se não conseguisse encontrar a princesa, haveria de se entregar à execução sem qualquer resistência.

– O seu desejo será atendido – disse o sultão –, mas não pense que conseguirá escapar. Seja lá aonde você for na face da terra, haverei de te encontrar.

A VINGANÇA DA PRINCESA

ALADIM SAIU ENTRISTECIDO do palácio. Cabisbaixo, atravessou os pátios enquanto os guardas, antes seus amigos, agora lhe davam as costas. Se tivessem se aproximado dele, não o teriam reconhecido; ele mal reconhecia a si mesmo, e se sentia profundamente perturbado. Durante três dias, perambulou pela cidade feito um lunático, perguntando a todos o paradeiro de seu palácio. Alguns riam dele, mas os mais esclarecidos sentiam pena. E ele andava a esmo, sobrevivendo da caridade alheia.

Finalmente, partiu em direção aos campos e, depois de andar pela mata angustiado e cheio de incertezas, à noite chegou à margem de um rio. O desespero o derrotou. Ele resolveu atirar-se nas águas, porém, sendo um muçulmano devoto, primeiramente ajoelhou-se para rezar. Inclinou-se à beira da água para lavar o rosto e as mãos, mas a margem estava escorregadia e ele caiu no rio. Teria sido levado pela correnteza se não tivesse se agarrado a uma pedra que se projetava através da superfície da água. Felizmente ainda tinha o anel que o mago pusera em seu dedo antes de despachá-lo para o interior daquela câmara subterrânea muitos anos antes. O anel roçou na pedra no momento em que Aladim se agarrou e o gênio que ele tinha visto dentro da câmara apareceu mais uma vez:

– Qual é a vossa ordem? Estou aqui para vos obedecer como vosso escravo, escravo de todos os que possuem este anel, eu e os demais escravos do anel.

– Salve a minha vida mais uma vez – disse Aladim – e traga de volta o meu palácio.

– Não tenho poderes para isso – disse o gênio. – Sou escravo do anel. Deveis pedir isso ao escravo da lâmpada.

– Nesse caso – respondeu Aladim –, eu te ordeno, pelo poder do anel, que me leve até o meu palácio, onde quer que ele esteja, e que me deixe diante da janela do quarto de minha mulher.

Imediatamente, Aladim se viu em uma planície relvada, no norte da África, logo abaixo da janela dos aposentos da princesa; porém, sendo tarde da noite, e uma vez que tudo estava quieto no interior do palácio, ele se recostou ao pé de uma árvore e adormeceu.

Foi despertado pelo canto dos pássaros e alegrou-se porque em breve estaria ao lado de sua querida Badr al-Budur. De pé diante da janela da jovem, esperando que ela acordasse, Aladim percebeu claramente que todos aqueles problemas ocorreram porque ele tinha se afastado da lâmpada, e se perguntou quem a teria furtado. Aladim teria logo imaginado quem seria o ladrão se soubesse que ele e seu palácio se encontravam no Magrebe, fato que o faria lembrar de seu grande inimigo, o mago do Magrebe; no entanto, o escravo do anel nada dissera sobre o local aonde Aladim fora transportado, e o jovem tampouco perguntara.

A princesa acordava mais cedo do que de hábito desde que fora levada para o norte da África pelo mago. Este a visitava todos os dias, mas ela o tratava com tamanha rispidez que ele não se atrevera a residir no palácio. Enquanto ela se vestia, uma de suas aias olhou através da janela e avistou Aladim. A princesa correu e abriu a janela, e o ruído fez com que Aladim, exultante, olhasse para cima.

– Não há tempo a perder – disse a princesa, fechando a janela. – Entre pela porta secreta.

A porta secreta ficava logo abaixo dos aposentos da princesa. Aladim encontrou-a aberta e entrou. O casal se abraçou inúmeras vezes, pensando que tinham se perdido um do outro para sempre. Depois do encontro comovente, sentaram-se e Aladim disse:

– Princesa, antes de tudo, pelo seu próprio bem e pelo meu, eu imploro que me diga o que aconteceu com aquela velha lâmpada que eu deixei no nicho do salão das vinte e quatro janelas.

– Ai de mim! – ela respondeu. – Eu logo vi que aquela lâmpada tinha sido a causa da nossa infelicidade, mas a culpa foi minha!

Ela contou que a velha lâmpada tinha sido trocada por uma nova e que ela fora transportada naquela mesma noite ao Magrebe, conforme o próprio traidor lhe informara.

– Agora eu sei que a culpa é do mago do Magrebe! – disse Aladim. – Ele é o mais ardiloso dos homens. Onde ele guarda a lâmpada?

– Ele leva a lâmpada sempre consigo, escondida na capa. Desde que cheguei aqui, ele tenta me convencer de que você morreu por ordem do sultão, que eu devo romper os nossos votos e aceitá-lo como marido. Ele costuma dizer também que você é um ingrato e que deve a sua fortuna a ele, mas eu só respondo com as minhas lágrimas. Acho que ele pretende aguardar até que a minha tristeza passe, na esperança de que eu mude de ideia, e acho também que vai recorrer à violência se eu persistir.

Aladim consolou-a e disse que voltaria ao meio-dia, disfarçado. Trocou de roupa com um camponês que encontrou na estrada e, depois de caminhar até o vilarejo mais próximo, procurou um boticário e comprou um determinado pó; então voltou ao palácio. A porta secreta foi aberta imediatamente e ele entrou.

– Princesa – ele disse –, o ódio que você sente pelo seu raptor talvez torne difícil acatar o meu conselho. Mas é crucial saber fingir se você quiser escapar deste cativeiro. Vista o seu melhor vestido e receba o mago carinhosamente quando ele chegar. Diga que você me esqueceu e o convide para cear, e diga que gostaria de provar o vinho da terra dele. Ele vai se retirar para buscar o vinho. Enquanto isso, quando a mesa estiver arrumada, despeje este pó dentro de uma taça e diga à aia que te serve que traga a taça, cheia de vinho, quando você der o sinal. Quando o mago voltar, depois que você comer e beber, peça à aia que traga a taça que contém o pó e peça a ele para trocar de taça com você. Ele vai estar tão deslumbrado que não recusará, vai beber o vinho para te agradar e vai morrer na mesma hora.

– Eu confesso – disse a princesa – que só de pensar em flertar desse jeito com o mago tremo da cabeça aos pés. Mas que atitudes eu não seria capaz de tomar contra um inimigo tão cruel! Farei o que me aconselha, pois a minha felicidade depende disso, tanto quanto a sua.

Com tudo acertado, Aladim deixou o palácio e passou o resto do dia nos arredores aguardando a chegada da noite.

A princesa Badr al-Budur, sofrendo com a perda do marido Aladim, a quem amava mais por sentimento do que por dever, e com a perda do pai, deixara de cuidar de sua aparência física desde a triste separação. Esquecera os cuidados com a beleza, tão adequados à sua condição feminina, principalmente depois que o mago começou a visitá-la e ela foi informada pelas aias, que o reconheceram, de que ele era o homem que trocara a lâmpada velha pela nova, e com tal artifício causara a situação medonha em que ela se encontrava. Mas a oportunidade de buscar uma vingança, muito antes do que ela imaginava que tal pudesse acontecer, fez com que ela decidisse recompensar Aladim; portanto, assim que ele saiu, ela pediu às aias que arrumassem seu cabelo, e escolheu o vestido mais adequado às suas intenções. Escolheu também um cinto dourado, cravejado de diamantes, combinando com um colar de pérolas. E pulseiras de rubi acentuavam o esplendor do colar e do cinto.

Quando estava vestida, a princesa consultou o espelho e as aias e, constatando que fizera todo o possível para satisfazer o mago, sentou-se no sofá esperando que ele chegasse.

O mago entrou no salão das vinte e quatro janelas à hora de costume. A princesa levantou-se e o recebeu com sorrisos, indicando um assento reservado para ele, cortesia que jamais lhe estendera. O mago, mais deslumbrado diante do olhar da princesa do que das joias que a enfeitavam, ficou pasmo. A aparência esplêndida da jovem, adoçada por uma expressão graciosa, era tão diferente da mulher que até então o recebera que ele ficou atordoado. Primeiro, sentou-se na beirada do sofá, mas, vendo que a princesa não se sentaria enquanto ele não se sentasse onde ela havia indicado, obedeceu.

Então, com um olhar que o fazia crer que ela não mais o considerava detestável, a princesa disse:

– O senhor, sem dúvida, está surpreso – afirmou ela – por me encontrar tão mudada hoje, mas o seu espanto talvez acabe quando eu lhe disser que sou tão avessa à tristeza e à melancolia que me esforço para afastar todas as preocupações assim que percebo que já não têm motivo de ser. Pensei no que o senhor me falou sobre o destino do Aladim e sei que as minhas lágrimas não vão trazê-lo de volta. Por isso, tendo honrado meu marido até o túmulo, decidi suspender o luto e convidei o senhor para cear comigo. Mas só tenho vinhos da China, e gostaria de provar vinhos do Magrebe.

O mago, que já desistira de conquistar o coração da princesa, mal conseguiu agradecer sem gaguejar e, para se recompor, ateve-se à questão do vinho. Disse que, de todas as bênçãos do Magrebe, o vinho era uma das maiores, e nenhum outro era mais fino do que o daquela região que ela agora habitava, que sete anos antes o local tinha produzido uma safra de qualidade insuperável e que ele ainda dispunha de uma caixa a ser aberta do tal vinho.

– Com a licença da minha princesa – ele disse –, vou buscar as garrafas.

– Não quero incomodá-lo – disse a princesa. – O senhor não pode mandar alguém buscar o vinho?

– Eu mesmo preciso ir – respondeu o mago –, pois ninguém mais sabe onde guardo a chave da adega, e ninguém sabe manusear aquela chave.

– Se é assim – disse a princesa –, volte depressa.

Embevecido com a promessa de felicidade, o mago correu até a adega e a princesa, sabendo que ele não tardaria, apressou-se em esvaziar dentro de uma taça o pó que Aladim lhe entregara. Quando o mago retornou, cada um ocupou seu respectivo assento e a princesa fez um brinde à saúde de seu raptor.

– O senhor tem razão – ela disse – em elogiar o seu vinho. É o melhor que eu já provei.

– Princesa – respondeu ele, erguendo a própria taça –, meu vinho se torna mais saboroso com a sua aprovação. Estou feliz – ele acrescentou, depois de um gole – por ter guardado esta safra para uma ocasião tão propícia, pois nunca provei algo tão saboroso.

Depois que comeram, a princesa chamou a aia e pediu mais duas taças.

– Na China – ela disse ao mago –, namorados bebem à saúde um do outro trocando de taças.

Ela ofereceu sua taça ao mago e estendeu a outra mão, a fim de pegar a dele. O mago aceitou a oferta, vendo naquele ato um sinal inquestionável de que havia conquistado o coração da princesa.

– Princesa – disse ele –, eu vejo que nós, do Magrebe, temos muito a aprender com os chineses no que diz respeito à arte do amor. Não vou esquecer esse costume, assim como não vou esquecer que, ao me oferecer da sua taça, você revigora a minha esperança numa vida que haveria de ser desesperadora caso a sua crueldade prosseguisse por muito tempo mais.

Cansada de tais demonstrações de emoção, a princesa disse:

– Vamos beber! O senhor pode prosseguir com as suas reflexões daqui a um minuto. – E o mago estava tão ansioso por agradá-la que esvaziou sua taça antes mesmo que ela tomasse o primeiro gole da dela.

No intuito de demonstrar seu entusiasmo, ele inclinou a cabeça para trás enquanto bebia, e assim permaneceu alguns instantes depois de beber, até que a princesa viu que ele revirou os olhos e morreu.

A princesa nem precisou dizer às aias que permitissem a entrada de Aladim. As mulheres tinham se posicionado ao longo do salão de jantar até o pé da escada, de maneira que a porta secreta se abrisse quase no instante em que o mago tombasse.

Aladim entrou no salão de jantar e disse à princesa, que correu para abraçá-lo:

– Princesa, ainda não é o momento. Deixe-me agora, pois tenho mais providências a tomar.

Quando se viu sozinho, Aladim aproximou-se do cadáver do mago, pegou a lâmpada escondida em sua capa e ordenou ao gênio que os levasse de volta à China. O palácio de Aladim ressurgiu diante do palácio do sultão, provocando apenas um levíssimo tremor de terra.

O sultão, que acreditava ter perdido a filha, estava inconsolável desde que ela fora raptada. Mal conseguia dormir e, em vez de evitar locais que o fizessem lembrar de sua tristeza, ele os procurava. Agora não era apenas pela manhã; diversas vezes por dia ele se colocava à janela cuja vista ele tanto admirava e ali chorava sozinho com a lembrança de quem ele mais amava e nunca mais voltaria a ver. Na manhã seguinte, estava tão imerso em sua tristeza que olhou apenas de relance através da janela. Notando que o espaço estava ocupado, pensou de início que fosse o efeito da névoa; contudo, olhando mais detidamente não teve dúvida de que se tratava do palácio de Aladim, e a alegria da visão espantou o desgosto alojado em seu coração.

O sultão montou em seu cavalo e chegou ao palácio o mais depressa possível. Aladim, prevendo a chegada do soberano, levantara-se ao alvorecer e, vestido em seu traje mais refinado, viu o sultão chegar e desceu para ajudá-lo a apear.

– Não posso dizer uma palavra sequer – disse o sultão – antes de ver a minha filha.

Aladim levou-o até a jovem e o sultão cobriu-a de beijos, com o rosto banhado em lágrimas. Bastante tempo se passou antes que ele pudesse falar.

– Minha filha – ele disse, por fim –, suponho que a alegria em me rever faça com que você demonstre não ter sofrido mal nenhum; mas, com certeza, você deve ter sofrido. Ninguém pode ser transportado, junto a um palácio inteiro, subitamente, como ocorreu com você, para um local desconhecido sem se apavorar. Conte-me o que aconteceu e não esconda nada.

– Majestade – disse a princesa –, se minha aparência lhe agrada, saiba que só voltei a respirar com tranquilidade ontem, graças a Aladim, meu marido e salvador, cuja perda eu havia chorado e que a satisfação de rever me fez voltar a ser quem eu era. Meu sofrimento foi apenas por ter sido arrancada da companhia de Vossa Majestade e de meu marido, que eu receava houvesse tombado diante da sua fúria, embora fosse inocente. Sofri menos com a insolência do meu raptor, cujos modos eram para mim repulsivos, mas a quem consegui manter acuado graças ao domínio que exercia sobre ele. Além disso, não fui mantida cativa. Quanto ao rapto em si, Aladim nada teve a ver com ele: sou eu a única culpada, embora involuntariamente.

Para convencer o sultão, ela contou que o mago surgira nas imediações do palácio, trocando lâmpadas novas por velhas, e que ela entregara a lâmpada de Aladim com a maior facilidade, ignorando os poderes secretos do objeto; contou que ela e o palácio tinham sido transportados pelo mago ao Magrebe, imediatamente; que ele tivera a ousadia de pedir sua mão em casamento; que ela havia sofrido antes da chegada de Aladim; que, depois que ele chegou, os dois tramaram juntos o resgate da lâmpada em poder do mago; e que tinham conseguido fazê-lo graças a um subterfúgio e uma taça de vinho.

Aladim não teve muito a acrescentar.

– Quando as aias e a princesa me deram acesso à porta secreta – ele disse – e vi o traidor morto, estirado no sofá, eu disse à princesa que voltasse aos seus aposentos, na companhia das aias e dos eunucos. Sozinho, peguei a lâmpada escondida na capa dele e, recorrendo ao mesmo truque por ele utilizado para transportar o palácio e a princesa, devolvi tudo ao seu devido lugar. Se o senhor subir ao salão de jantar, poderá ver o corpo do mago, devidamente punido.

O sultão subiu e, ao ver o mago morto, com a face pálida em consequência do veneno, abraçou Aladim e anunciou celebrações ao longo dos dez dias seguintes. O corpo do mago foi removido e deixado em via pública, para ser bicado por pássaros e devorado por animais. E assim foi que Aladim escapou da morte pela segunda vez, mas não seria a última.

O IRMÃO DO MAGO

O MAGO DO MAGREBE TINHA um irmão caçula ainda mais perverso do que ele e não menos versado nas artes da magia. Por não estarem sempre juntos, um geralmente ficando no Ocidente e o outro no Oriente, todos os anos eles realizavam uma sessão de vidência para saber se algum dos dois precisava de ajuda.

Consultando as areias, e vendo que seu irmão tinha morrido subitamente, e envenenado, o caçula dirigiu-se à China a fim de vingá-lo. Ouviu falar de uma beata chamada Fátima, conhecida por realizar milagres, e indagou se ela não poderia fazer algo.

– Será possível – disseram-lhe – que você nunca tenha visto essa mulher? A vida de austeridade que ela leva conquistou a admiração da cidade inteira. Ela só sai do claustro às segundas e sextas, quando aparece e circula pelo povoado fazendo caridade e curando, por imposição de mãos, aqueles que sofrem de dor de cabeça.

O mago foi diretamente ao claustro da tal Fátima, a beata, conforme era conhecida na cidade. Bastou puxar um ferrolho e ele logo entrou e fechou a porta silenciosamente atrás de si. Dentro do claustro, deparou-se com Fátima, iluminada pelo luar e adormecida sobre um colchão fino. Ele apontou um punhal para o coração da mulher e sacudiu-a.

– Se der um pio – ele disse – eu te mato; então, faça o que eu mandar.

Fátima, que dormia com suas vestes de beata, despertou apavorada.

– Não tenha medo – disse o mago. – Eu só quero as suas vestes. Me dê as suas vestes e fique com as minhas.

Fizeram a troca e ele pediu que ela lhe pintasse o rosto como o dela. Fátima o conduziu ao seu pequeno quarto, acendeu uma lâmpada e, umedecendo um pincel em um pote, pintou o rosto dele. Em seguida, cobriu-lhe o cabelo com uma touca e um véu e mostrou-lhe como usar o véu para esconder o rosto quando saísse pela cidade. Finalmente, pendurou no pescoço dele um longo rosário, que lhe pendia até a altura do estômago, e, entregando-lhe sua bengala, levou-o até um espelho.

– Veja só a sua imagem – ela disse. – O senhor está exatamente como eu.

O mago ficou satisfeito com a própria aparência, mas não manteve a promessa que fizera a Fátima. Para evitar o derramamento de sangue se a matasse com o punhal, estrangulou-a e arrastou o cadáver da mulher pelos pés até a cisterna que abastecia o claustro, atirando-o lá dentro.

Disfarçado de Fátima, o mago circulou pela cidade no dia seguinte. Uma multidão seguia a beata. Alguns pediam-lhe que rezasse por eles, outros beijavam-lhe a mão, outros tão somente tocavam a barra de seu vestido, e outros inclinavam a cabeça, em sinal de reverência, apenas para serem tocados. Ele atendeu todos, esboçando gestos com os dedos acima das cabeças dos seguidores, murmurando preces e imitando a beata com tamanha precisão que todos acreditaram que se tratava mesmo dela. Depois de parar várias vezes para atender os populares, que do contato dos dedos dele não obtinham nem ganho nem perda, o mago, finalmente, chegou à praça diante do palácio de Aladim, onde o povo cercou-o ainda mais de perto. Os mais fortes e mais fervorosos abriam caminho com os cotovelos, e a gritaria de indignação foi tamanha que chegou aos ouvidos da princesa Badr al-Budur, no interior do salão das vinte e quatro janelas.

A princesa perguntou que barulheira era aquela e, como ninguém foi capaz de dizer, mandou uma de suas aias espiar a rua. Depois de olhar através de uma treliça, ela informou que a algazarra vinha de uma multidão que cercava a beata na esperança de obter cura pelas mãos da mulher.

Fazia muito tempo que a princesa tinha conhecimento dos dons da beata, e mandou um eunuco trazê-la ao palácio. Quando o mago, que escondia um coração demoníaco embaixo das vestes santificadas, foi apresentado à princesa, ele se pôs a recitar uma série de votos e preces em nome da saúde, da prosperidade e de tudo o mais que a jovem pudesse desejar. Quando o impostor concluiu suas preces, a princesa disse:

– Minha boa senhora, eu agradeço as suas orações. Espero que Deus as ouça. Venha sentar-se aqui comigo.

O dissimulado sentou-se, com um recato muito fingido, e a princesa prosseguiu:

– Eu quero pedir um favor, que não poderá ser recusado: que a senhora fique aqui comigo e me conte tudo sobre a sua vida, para que eu aprenda, com o seu exemplo, a melhor servir a Deus.

– Princesa – respondeu o impostor –, eu suplico, não me peça tal favor, pois isso me impediria de fazer as minhas preces.

– Eu jamais faria isso – respondeu a princesa. – Tenho muitos aposentos desocupados: escolha o que a senhora preferir e instale-se como se estivesse em seu claustro.

O mago, cujo único objetivo era penetrar no palácio de Aladim, onde estaria livre para levar a cabo seu plano maligno – e com a proteção da princesa –, não resistiu durante muito tempo. Seguiu a jovem e, de todos os aposentos que ela mostrou, escolheu o menor, dizendo, com grande falsidade, que estava bom até demais e que só aceitava a hospedagem para agradá-la.

A princesa queria levar a beata de volta ao grande salão e cear ao lado dela, mas o mago teria de expor o rosto para comer e receava ser descoberto; portanto, pediu permissão para cear em seus aposentos, pois costumava passar a pão e um punhado de frutas secas. Depois da ceia, o fingido foi levado à companhia da princesa.

– Minha boa mulher – a princesa disse –, estou muito feliz que a senhora esteja aqui, para abençoar este palácio. Vou levá-la a todos os cômodos, mas primeiro diga-me o que a senhora acha deste salão.

O enganador, que para facilitar a representação de seu papel mantinha a cabeça baixa, finalmente ergueu os olhos; depois de examinar o recinto, disse:

– Este salão é deveras esplêndido. Mas, na minha opinião, que não vale mesmo nada, acho que está faltando uma coisa. Se houvesse um ovo de roca pendendo desta abóbada, este salão seria a maravilha do mundo.

– Boa mulher – disse a princesa –, que tipo de pássaro é o roca e onde se podem encontrar ovos de roca?

– É um pássaro gigantesco – disse o trapaceiro –, que vive no cume do monte Cáucaso. O arquiteto responsável pelo seu palácio não terá dificuldade em encontrar um desses ovos.

A princesa agora só pensava em ovos de roca, e resolveu levar a questão a Aladim quando este voltasse da caçada. Fazia seis dias que ele se fora, e voltou na mesma noite em que o charlatão se retirou aos seus aposentos. Ao abraçar a princesa, Aladim teve a impressão de que ela estava mais fria do que de hábito.

– Alguma coisa aconteceu durante a minha ausência que te deixou aborrecida? – ele perguntou. – Seja qual for o motivo dessas nuvens pairando sobre o seu semblante, farei tudo o que estiver ao meu alcance para dissipá-las.

– Tem algo que você pode fazer – disse a princesa –, mas é uma coisa muito banal. Eu acho que o nosso palácio é o mais extraordinário que existe na terra, mas ouça o que eu pensei enquanto examinava o salão das vinte e quatro janelas. Você não acha que o salão seria ainda mais perfeito se um ovo de roca pendesse da abóbada?

– Princesa – respondeu Aladim –, basta você dizer que falta neste salão um ovo de roca para que eu enxergue o mesmo defeito e providencie a correção na hora.

Aladim correu até o salão das vinte e quatro janelas e convocou o gênio.

– O que falta neste salão – ele disse – é um ovo de roca pendendo da abóbada. Eu te peço, em nome da lâmpada, que supra essa deficiência imediatamente.

Naquele momento, o gênio soltou um grito medonho, que sacudiu o salão e fez Aladim cambalear.

– Como assim? – berrou o gênio. – Não basta eu ter feito tudo o que fiz para vos servir? Devo agora trazer aqui meu amo e pendurá-lo na abóbada do vosso salão de jantar? Por esse ultraje, mereceis ser queimado vivo, junto com vossa esposa e vosso palácio. Mas tendes sorte porque essa ordem não vem de vós. O verdadeiro responsável é o irmão do mago do Magrebe, que se encontra agora em vosso palácio, disfarçado de Fátima, a beata, que foi por ele assassinada e cuja identidade ele usurpou! Foi ele que pôs essa ideia na cabeça da vossa esposa. Ele pretende vos matar, e a vossa salvação depende de vós.

Com tais palavras, o gênio desapareceu.

Aladim tinha ouvido falar de Fátima, a beata, e de sua reputação de curandeira de dor de cabeça. Ele voltou aos aposentos da princesa e disse estar acometido de uma violenta dor de cabeça. A princesa mandou chamar Fátima.

– Venha até aqui, boa mulher – Aladim disse ao farsante. – Estou com dor de cabeça. Eu suplico a sua ajuda, me entrego às suas preces e espero que a senhora não recuse a mim as bênçãos que concedeu a tantos outros sofredores.

Ele se levantou, mantendo a cabeça inclinada, e o vigarista veio em sua direção, empunhando uma faca embaixo das vestes. Aladim agarrou a mão do homem antes que este pudesse utilizá-la e fincou-lhe a faca no coração, lançando-o inerte ao solo.

– O que você fez? – gritou a princesa. – Você matou a beata!

– Não – disse Aladim –, não foi Fátima quem eu matei.

E explicou à princesa como ela havia sido enganada.

E assim Aladim foi salvo dos dois irmãos perversos. Alguns anos mais tarde, o sultão morreu, já bastante idoso. Como não tinha filhos homens, a princesa Badr al-Budur o sucedeu e dividiu seu poder com Aladim. Os dois reinaram juntos por muitos anos e deixaram atrás de si uma bela prole de sucessores.

Epílogo

– Majestade – disse Sherazade, ao concluir a história da lâmpada mágica –, o senhor terá reconhecido no mago do Magrebe a marca de uma mente desequilibrada, um homem obcecado pela ganância, um homem cujas ações desleais propiciaram-lhe grande riqueza, uma riqueza da qual não era digno e que foi perdida em consequência dessas mesmas ações. Em Aladim, por outro lado, o senhor terá reconhecido um homem que, embora nascido num lar humilde, chegou a ser rei graças à riqueza, uma riqueza que ele obteve sem buscá-la e que para ele fluiu segundo as suas necessidades e os seus desejos. Quanto à figura do sultão, o senhor terá aprendido que nem o mais justo dos monarcas está livre do perigo, e se arrisca mesmo a perder a coroa se ousar agir contrariamente à justiça natural e se uma pressa desmedida levá-lo a condenar um inocente à morte, antes de a ele conceder a chance de se defender. Por fim, o senhor terá aprendido a evitar os crimes cometidos pelos dois irmãos: um deles pagou com a própria vida pelo amor ao ouro; o outro perdeu a vida e a fé para vingar o irmão desprezível e, a exemplo dele, colheu os frutos de sua crueldade.

O sultão expressou a Sherazade, sua esposa, grande satisfação com as façanhas da lâmpada, bem como o prazer que as histórias por ela contadas, noite após noite, haviam lhe proporcionado, pois eram relatos encantadores e quase sempre sublinhados por uma moral bastante útil. Reconheceu a habilidade com que Sherazade os contara em sequência e não se incomodou com a estratégia por ela utilizada, pois isso permitiu que ele adiasse a promessa feita solenemente: ter cada esposa por apenas uma noite e condená-la à morte na manhã seguinte. A única preocupação do soberano, na verdade, era que a fonte de histórias de Sherazade houvesse secado.

Por isso, ao ouvir a conclusão do conto de Aladim e Badr al-Budur, que superava todos os relatos que ouvira anteriormente, o sultão não esperou por Duniazade e ele mesmo acordou a esposa, logo ao amanhecer, e perguntou-lhe se havia chegado ao fim das histórias.

– Ao fim das histórias! – exclamou Sherazade. – Longe disso! São tantas que nem eu sou capaz de numerá-las. Meu único receio é que Sua Majestade se canse da minha voz antes que eu conte todas elas.

– Esqueça esse medo – disse o sultão –, e, por favor, conte-me mais uma.

BIBLIOGRAFIA SELECIONADA

DYÂB, Hanna. *D'Alep à Paris: Les pérégrinations d'un jeune Syrien au temps de Louis XIV*. Traduzido e anotado por Paule Fahmé-Thiéry, Bernard Heyberger e Jérôme Lentin: Actes Sud, 2015.

GALLAND, Antoine, tradutor. *Les mille et une nuits: Contes arabes*, 3 vols. Organizado por Jean-Paul Sermain, com introdução de Aboubakr Chraïbi. Paris: Éditions Flammarion, 2004.

GERHARDT, Mia. *The Art of Storytelling: A Literary Study of the Thousand and One Nights*. Leiden: E.J. Brill, 1963.

HORTA, Paulo Lemos. *Marvellous Thieves: Secret Authors of the Arabian Nights*. Cambridge: Harvard University Press, 2017.

IRWIN, Robert. *The Arabian Nights: A Companion*. Londres: Tauris, 1994.

JAROUCHE, Mamede Mustafa, tradutor. *Livro das mil e uma noites* (4 vols.). Rio de Janeiro: Biblioteca Azul, 2015.

KENNEDY, Philip e WARNER, Marina (orgs.). *Scheherazade's Children: Global Encounters with the Arabian Nights*. Nova York: NYU Press, 2013.

MARZOLPH, Ulrich (org.). *The Arabian Nights Reader*. Detroit: Wayne State University Press, 2006.

WARNER, Marina. *Stranger Magic: Charmed States and the Arabian Nights*. Cambridge: Harvard University Press, 2011.

1ª EDIÇÃO [2019] 3 reimpressões

ESTA OBRA FOI COMPOSTA POR MARI TABOADA
EM QUADRAT PRO E IMPRESSA EM OFSETE PELA GEOGRÁFICA
SOBRE PAPEL PÓLEN SOFT DA SUZANO S.A. PARA
A EDITORA SCHWARCZ EM SETEMBRO DE 2021